Mian Mian
Deine Nacht, mein Tag

Aus dem Chinesischen von Karin Hasselblatt

Kiepenheuer & Witsch

1. Auflage 2004

© by Shen Wang alias Mian Mian
© 2004 by Verlag Kiepenheuer & Witsch, Köln
Die Erzählungen lagen als Typoskript vor,
sie sind zum Teil in dem Roman *Tang (Candy)* von Mian Mian,
Xiju-Verlag, Peking 2000, verarbeitet.
Die Textauswahl wurde von der Autorin
in Zusammenarbeit mit der Übersetzerin getroffen.
Liedzeilen S. 90 f. zitiert nach »Exit Music (For a Film)«
aus dem Album *OK Computer*, 1997. © Radiohead
Alle Rechte vorbehalten. Kein Teil des Werkes
darf in irgendeiner Form (durch Fotografie, Mikrofilm
oder ein anderes Verfahren) ohne schriftliche
Genehmigung des Verlages reproduziert oder unter
Verwendung elektronischer Systeme verarbeitet,
vervielfältigt oder verbreitet werden.
Umschlaggestaltung: Barbara Thoben, Köln
Umschlagfoto: © Giada Ripa di Meana
Gesetzt aus der Sabon
Satz: Kalle Giese, Overath
Druck und Bindearbeiten: Clausen & Bosse, Leck
ISBN 3-462-03421-9

Inhalt

Deine Nacht, mein Tag 9

Die Patientin 35

Alle braven Kinder bekommen Bonbons 49

Ich bin ein böser Junge, oder: Happy birthday 103

Wir fürchten uns 127

Weiß auf weiß 155

Schwarzer Rauch steigt auf 169

Deine Nacht, mein Tag

1

Little Xi-An war sein Name. Mit einundzwanzig Jahren hatte
er im Süden als Sicherheitskraft in einem Nachtklub gearbeitet und einem Gast jenes Messer abgenommen, was sein
Leben verändern sollte. Später war er Türsteher in einer illegalen Spielhalle. Obwohl er aus schwierigen Verhältnissen
stammte, trug er inzwischen immerhin Jeans, konnte herum-
huren, jeden Tag rote Importäpfel essen und dann immer
noch Geld nach Hause schicken – er fand, er sei recht gut
dran. Seine Aufgabe war es, auf die Türklingel zu achten und
jedes Mal, wenn sie losging, durch den Spion zu sehen,
bekannte Gesichter einzulassen, bei unbekannten genauer
nachzufragen und gegebenenfalls den Leuten in der Spielhalle Bescheid zu geben. Ungeheure Summen wechselten
hier jeden Tag den Besitzer, und so kam es, dass der Gesichtsausdruck der Spieler sich von einer Sekunde zur anderen
enorm verändern konnte. Little Xi-An bekam immer Trinkgeld, einige Gäste überhäuften ihn geradezu damit.

Eines Tages sah er sich wieder einmal seine Messer an. Er
hatte in fünf Schubladen fünf große Messer, die er zwar nie
benutzte, aber jeden Tag, bevor die Spielhalle öffnete, genau
inspizierte. An diesem Tag fand er in einer der Schubladen
Geld, das in Zeitungspapier eingewickelt war. Er wusste, dass
es für die Kasse der Spielhalle bestimmt war, früher hatte es
immer im Safe gelegen – warum jetzt nicht? Er zählte, es

waren gut vierzig Bündel, vielleicht etwas weniger, vielleicht auch etwas mehr, jedenfalls musste jedes Bündel allein 10 000 Kuai zählen.

Das Geld entdecken, es in eine große Tasche stopfen, rein in den Fahrstuhl, raus aus dem Fahrstuhl, rein ins Taxi – das dauerte keine Viertelstunde.

Handeln ohne nachzudenken, wie er später Little Shanghai erklärte. Denn so hieß es immer in der Spielhalle: Geld wird nicht verdient, Geld organisiert man sich. Diesen Satz führten alle Reichen, die Little Xi-An kannte, im Munde, darum glaubte er daran.

Er fuhr in dem Taxi bis nach Kanton oder Zhuhai, zog ins beste Hotel am Platz und dachte, er müsse auf der Stelle ein anderer Mensch werden und er brauche einen Partner und dieser Partner müsse unbedingt eine Frau sein. Er überlegte und begann zu telefonieren. Vier oder noch mehr Frauen rief er an, doch alle gaben ihm aus irgendwelchen Gründen einen Korb.

Das Letzte, was man von ihm hörte, war, dass er vom Hilfssheriff eines Spielhöllen-Besitzers aufgegriffen und erschossen worden war. Vollkommen pleite, wie es hieß. Nicht lange, und die Spielhalle wurde dichtgemacht, und die, die dort gearbeitet hatten, verschwanden spurlos. Ich habe keinen von ihnen jemals wiedergesehen.

2

Little Shanghai war ihr Name. Wie Big Dragon kam sie aus dem ärmsten Viertel Shanghais, doch anders als Red, die in der Huaihai-Straße in der früheren französischen Konzession wohnte, war Little Shanghai ein schlichtes Gemüt, nie auf der Schule gewesen, liebte Männer, sang gern und war eine Profi-Hure.

Ihr erster Freund hatte sie zwei Abtreibungen machen und dann trotzdem sitzen lassen. Sie hatte mehrere ernsthafte Selbstmordversuche hinter sich, aber ihr Freund hatte sie nicht mehr gewollt. Dabei suchte sie nur einen Mann, einen festen Freund. Dann tauchte ein anderer auf. Ein älterer Mann, dessen Gesichtszüge wie mit dem Messer gekerbt schienen und dem man sofort ansah, dass er an Magenproblemen litt. Er hatte keine Wimpern. Er sagte, er betreibe im Süden einen Handel mit Wollhemden und er wolle sie, weil sie erst neunzehn Jahre alt und schön sei.

Sie war verrückt nach dem Gefühl, geliebt zu werden. Er kaufte ihr eine Menge schöner Sachen, obwohl sie alles hatte. Ihre Eltern waren Geschäftsleute, und sie war das Nesthäkchen. Geld brauchte sie bestimmt nicht. Was ihr fehlte, war Liebe, sie wollte Liebe.

Eines Tages wollte er sie mit nach Kanton nehmen, angeblich zu einer Verkaufsausstellung. Sie verabschiedete sich von ihren Eltern und wohnte mit ihm in einer Pension in Kanton. In der Pension gab es Prostituierte, Junkies, Zuhälter, Geldfälscher und Kartenspieler. Die Zimmer schienen alle miteinander verbunden zu sein. Sie waren voller Menschen, und überall waren Matratzenlager ausgebreitet. Ihr Freund sagte: »Ich habe fünfzehn Jahre im Knast gesessen, und jetzt will ich, dass du für mich als ›Huhn‹* arbeitest. Ich weiß, wie es bei dir zu Hause aussieht, und wenn du nicht mitmachst, werde ich dir und deiner Familie das Leben für immer zur Hölle machen. Ich werde allen erzählen, dass du ein ›Huhn‹ bist. Wenn du tust, was ich dir sage, werde ich dich beschützen und dir helfen, Geld zu verdienen. Und wenn wir genug Geld

---

* Die Wörter für Hure und Huhn werden im Chinesischen gleich ausgesprochen. In Shanghai werden die Zuhälter daher auch als »Hühnerköpfe« bezeichnet.

haben, gehen wir nach Shanghai zurück, machen ein Geschäft auf und heiraten.«

Das sagten viele Shanghaier Männer zu ihren Frauen. Sie waren alle gleich angezogen, sauregurkengrüne Zweireiher mit Goldknöpfen. Alle Männer in dieser Kleidung hatten zehn Jahre gesessen und ein magenkrankes Gesicht. Obwohl die Mädchen sich gut anstellten, bedeutete das noch nicht, dass auch alle in diesem Geschäft erfolgreich waren. Denn man muss dazu geboren sein, den eigenen Körper zu verkaufen. Das ist einem in die Wiege gelegt, einige Mädchen können es, andere nicht. Die Shanghaier Mädchen, die die Männer aufgetan hatten, ließen sich gut verkaufen, sie lechzten nach Anerkennung und nach einem Mann, an den sie sich anlehnen konnten. Little Shanghai bildete da keine Ausnahme, und da sie sowieso nicht davonlaufen konnte, begann sie ein Leben, das den Tag zur Nacht und die Nacht zum Tag machte.

Als sie mit ihrem Freund in dem Hotel wohnte und Frauen sah, die ihren »Hühnerkopf« Ehemann nannten und als »Hühner« viel Geld verdienten, wurde ihr Ehrgeiz geweckt, und drei Wochen später fing sie an zu arbeiten.

Jeden Abend konnten wir sie in dem Hotel im Fahrstuhl auf und ab fahren sehen. Im Untergeschoss gab es eine illegale Spielhalle. Wo um Geld gespielt wird, gibt es Huren. In der Provinz Guangdong ist das nicht anders. Ganz gleich, ob man Geld gewonnen oder verloren hat, anschließend muss ein »Huhn« geordert werden, das bringt Glück. Little Shanghai im Fahrstuhl hatte ein Dutzend Kondome in ihrer Unterwäsche versteckt und sagte zu sich: »Einer, einer, noch einer … ein Schwanz bringt fünfhundert Kuai.« Zu Zahlen hatte sie eine Beziehung, zu Geld nicht. Immer wenn sie fertig war, gab sie das Geld ihrem Mann, sie behielt es nie für sich.

Dieser Fahrstuhl war ihre Welt, das Fenster ihres Lebens. Sie trug ein rotes, kurzärmeliges Wollhemd. »Meine Arbeits-

kleidung«, sagte sie. Sie stand immer wie eine Fahrstuhlführerin neben den Stockwerkknöpfen, die schwarzen Augen wie Fenster zu ihrer Seele. Sie hatte einen Menschen, der sich ihr Ehemann nannte, und sie glaubte ihn zu lieben. Ihm hatte sie ihr Herz geschenkt, zuerst wollte sie einfach nur einen Mann, jetzt wollte sie nur ihn. Für ihn hätte sie alles getan. Und nun, da sie eine Hure war, würde sie ohnehin kein anderer mehr haben wollen. Die Liebe war in ihrem Herzen und hatte nichts mit ihrem Körper zu tun, niemals. Ihr jetziger Mann war nichtsnutzig, der davor hatte es auch nicht gebracht, aber was soll's.

In dieser Stadt tummelten sich alle Arten von Huren: Es gab den Straßenstrich, Bordelle, Callgirls, es gab Mätressen, die sich von mehreren Männern zugleich aushalten ließen – und die sich gar nicht als Huren betrachteten. Schließlich gab es solche, die eigens über die Grenze nach Hongkong oder Macao gerufen wurden. Little Shanghai zählte zu den billigeren, die an einem Abend mehrere Freier bedienen mussten und nur wenig mehr verdienten als die vom Straßenstrich.

Im Fahrstuhl kamen und gingen die unterschiedlichsten Paare, die Männer waren meist Hotelgäste, die Frauen – wie Red – arbeiteten im oberen Stockwerk als Hostessen im Nachtklub. Sie verachteten Little Shanghai, denn sie bekamen schon Geld dafür, nur mit den Männern zu trinken, und selbst wenn sie sich verkauften, dann nicht unter tausend Kuai. Sie waren »Hostessen«, Little Shanghai ein »Huhn«. Einige »Shanghai-Mädchen« waren darüber hinaus überzeugt, dass Little Shanghai nicht aus Shanghai sein könne; warum sonst würde sie sich so geschmacklos kleiden? Sie glaubten, Little Shanghai käme aus dem Umland oder aus Suzhou oder Hangzhou oder so.

Aus der Lobby des Hotels hörte man Klavierspiel, ein Stück, das sie nicht kannte, das ihr aber gefiel. In fast allen

Hotels lief als Hintergrundmusik *Kenny G.*, Little Shanghai mochte ihn nicht. Hier aber wurde jeden Abend von acht bis zehn Uhr Klavier gespielt, darum suchte sie gern um diese Zeit ihre Freier und blieb dann lange in einer Ecke des Fahrstuhls stehen. Sie hielt in jedem Stockwerk an, fragte die Zimmermädchen »Habt ihr einen?«, woraufhin die Zimmermädchen ihr Tipps gaben und sie dann auf der Etage ausstieg oder eben nicht. All das diente auch dazu, den Männern im Fahrstuhl zu vermitteln: »Ihr könnt mich kaufen.«

In ihrem Blick lag ein naives Verlangen: »Kommen wir ins Geschäft?« Einige Männer erwiderten nicht einmal ihren Blick, andere musterten sie, und egal wie, Little Shanghai nahm alles hin. Einige Männer kamen auf sie zu und befühlten sie, kneteten ihre kleinen, festen Brüste, betasteten die Feuchtigkeit in ihrem Schlüpfer und führten die Finger anschließend zur Nase. Die Männer waren verwirrt, ihre Augen glänzten gierig, und dann lachte Little Shanghai immer. Sie glaubte, die Männer liebten es, wie sie in einer Ecke des Fahrstuhls stand und lachte.

Sie schimpfte und fluchte nicht, aber sie hatte nichts dagegen, wenn die Männer es taten, vielleicht war sie einfach daran gewöhnt. Sie glich einem dummen Mädchen, das nichts konnte außer Liebe machen. Dabei wirkte sie aber ganz unschuldig und rein, und das war gut fürs Geschäft. Manchmal folgte sie ihrem Gefühl und ging mit einem Mann aufs Zimmer, dann zog sie ihm rasch die Hose aus, nahm seinen Schwanz in den Mund und liebkoste ihn, für sie war ein Schwanz eben ein Schwanz, nicht mehr und nicht weniger. Dann zog sie sich ebenfalls aus und zeigte ihre steifen roten Nippel, oder sie ließ sich die Hand des Mannes einfach zwischen die Beine gleiten. Doch egal was sie tat, sie hielt ihn im Mund, ihre Bewegungen waren einfach und weich. Mit allen Mitteln versuchte sie den Mann dazu zu bringen, sie zu

vögeln. Sie wusste, dass sie nicht unbegrenzt in seinem Zimmer bleiben durfte, denn wenn es mehr als zehn Minuten wurden, musste sie den Zimmermädchen Provision geben, auch wenn sie kein Geschäft gemacht hatte. Sie waren ihre Partner, verschafften ihr Kunden und standen für sie Wache. Und wenn sie auch nur den leisesten Verdacht hegten, sie sei unehrlich, würde Little Shanghai in dem Hotel keine Geschäfte mehr machen können. Daher musste sie die Gäste innerhalb von zehn Minuten überzeugen.

Jeder Mann wollte etwas anderes von ihr, manchmal sollte es ein Sandwich sein, zwei Frauen mit einem Mann oder zwei Männer mit einer Frau. Sie konnte gut mit zwei Männern gleichzeitig Sex haben, sie lernte dabei, und sie war glücklich, wenn die Männer ihre Geschicklichkeit bewunderten. Die Zimmerdecke über ihr schwankte, und ihre Schreie klangen fröhlich, nicht so schmerzerfüllt wie bei anderen Frauen. Little Shanghai schrie vollkommen und schön, und keiner weiß, ob sie es wirklich genoss oder einfach abgestumpft war. Sie hat nie darüber gesprochen, weil niemand sie je gefragt hat. Sie wusste, dass den Männern ihre Schreie gefielen, und wollte alles so schnell wie möglich hinter sich bringen, um sich die Zähne putzen und duschen zu können. Little Shanghai musste mehrmals am Tag duschen, nach jedem Mal, danach gab es Geld und eine Cola aus dem Kühlschrank des Freiers, oder Heineken Bier. Dann ging sie in ihren Fahrstuhl zurück.

Manche Freier waren impotent. Einem solchen Gast sagte sie: »Es ist nicht, dass ich ein Problem mit dir habe, du bist ein guter Mensch und deshalb an den Umgang mit einem ›Huhn‹ nicht gewöhnt. Du bist zu nervös, aber ich mag dich, du bist in Ordnung.« Die einzige Möglichkeit, mit impotenten Freiern umzugehen, war, es ihnen unentwegt mit dem Mund zu besorgen. Tatsächlich ertrug Little Shanghai impotente

Männer kaum, es tat ihr in der Seele weh, manchmal weinte sie sogar, denn sie glaubte, es sei bestimmt ein unerträglicher Zustand. Darum tat sie alles in ihrer Macht Stehende, dem impotenten Freier zu helfen, und wenn sie trotzdem keinen hochbekamen, berechnete sie nur den halben Preis. Doch die meisten Gäste zahlten trotzdem den vollen Betrag. Gelegentlich hatte sie auch mit Junkies und Alkis zu tun, die sie eine Ewigkeit fickten, ohne zum Höhepunkt zu kommen, und ohne Orgasmus konnte Little Shanghai nur die Hälfte kassieren, oder sie bekam gar nichts. Unter diesen Umständen konnte sie nur ihr Bestes geben, und wenn sie endlos fickten, ohne dass sie hinterher Geld dafür bekam, dann hatte sie eben Pech gehabt.

Wenn es in ihrem Fahrstuhl auf Mitternacht zuging, begann Little Shanghai zu telefonieren, oder sie klopfte bei Hotelgästen an die Tür. Doch das war gefährlich, denn wenn ein Gast sie verriete, würde sie einen Haufen Ärger bekommen. Ihr Mann hatte zwar im Hotel und außerhalb eine Menge Schutzgelder bezahlt, doch es gab immer noch unbestechliche Menschen. Das wusste sie ganz genau. Wenn man sie verriet, würde ihr Mann sie vielleicht sogar schlagen, oder tagelang nicht mit ihr reden. Ganz sicher aber würde er nicht mehr mit ihr schlafen. Dabei hatte sie begonnen, diesen Mann wirklich zu lieben, von dem Augenblick an, in dem er sie nach ihrem ersten Freier fest in den Arm genommen hatte. Diesen wärmenden Trost brauchte sie. Dieses Gefühl erregte sie jeden Tag am meisten. All ihr Verlangen und Sehnen galt diesem Augenblick.

Doch Little Shanghai musste einfach an die Hoteltüren klopfen, denn der Fahrstuhl wurde immer leerer. Es kamen zwar Gäste, doch die brachten sich entweder Mädchen von draußen mit, oder sie waren besoffen, und es mit Besoffenen zu machen war Zeitverschwendung – dabei war Zeit Geld,

besonders nachts. Wenn sie viel Geld verdiente, war ihr Mann freundlich zu ihr. Er war ein Spieler. In dem Hotel lebten viele Shanghaier Prostituierte mit ihren »Hühnerköpfen«. Die Prostituierten arbeiteten, während die »Hühnerköpfe« in den Zimmern spielten. Das Geld, das Little Shanghai verdiente, verspielte ihr Mann, und wenn er doch einmal gewann, verspielte er hinterher den Gewinn gleich mit. Manchmal musste Little Shanghai sogar mit Tampon arbeiten gehen. Doch sie war überzeugt, dass er sie heiraten würde, warum sonst nannten sie einander »Mann« und »meine Frau«? Sie glaubte, er wäre ein anständiger Mann. Als ihm jemand einmal eine zweite Frau mitbrachte und er beide für sich arbeiten lassen wollte, unternahm Little Shanghai im Badezimmer einen Selbstmordversuch, danach hat er es nie wieder versucht.

Nach einem Jahr erkrankte Little Shanghai am Gebärmutterhals, sie blutete beim Sex, und der Arzt im Liuhua-Krankenhaus schlug eine Elektrotherapie vor. Er war ein alter Mann, die Frauen standen Schlange vor seinem Behandlungszimmer. Ein berühmter Gynäkologe, sprach er mit ruhiger und freundlicher Stimme und wusch sich nach jeder Untersuchung mit einem alten, schweren Stück Seife die Hände. Kleine dünne Hände mit dunkelbrauner Haut, auf denen die Adern pulsierten. Er sagte, Little Shanghai brauche eine Langzeit-Lasertherapie.

Von da an ging Little Shanghai alle zwei Tage ins Krankenhaus.

Eines Tages begleitete White Powder sie. White Powder wartete draußen, sie habe ohnehin kein Interesse mehr an Sex, sagte sie. Für Little Shanghai gehörte White Powder zu den Frauen, die sie nicht verstand, denn was hatte mangelndes Interesse an Sex mit dem Frauenarzt zu tun? Außerdem, wie konnte sie desinteressiert sein, wo sie doch noch so jung

war, und schließlich, was bedeutete diese Interesselosigkeit überhaupt? Und wozu das Rauschgift? Es war, als würde man aus Jux und Tollerei Geld verbrennen. Aber White Powder war das einzige Mädchen, das sie hier kannte, das kein »Huhn« war. Sie hatten sich am Swimmingpool im Hotel kennen gelernt, als Little Shanghai mit einem Freier dort war. In dieser Stadt passierte es äußerst selten, dass man in einem Hotel ein Shanghaier Mädchen traf, das kein »Huhn« war, darum mochte Little Shanghai White Powder.

Nach der Laserbehandlung gingen die beiden in der Sonne spazieren. Sie waren an das Tageslicht nicht gewöhnt, und als Little Shanghai plötzlich zu lachen begann, sah White Powder sie fragend an, bis Little Shanghai auf verschiedene Männer zeigte und sagte: »Schau, dem habe ich es gemacht, dem da auch, wirklich, ich will nicht mehr ausgehen, echt.«

Die Lasertherapie spürte sie kaum, es tat nicht weh, war nur teuer. Nach einer Weile fing Little Shanghai wieder an zu arbeiten. Bald blutete es wieder. Als es einmal gar nicht mehr aufhören wollte, musste sie einige Tage im Krankenhaus bleiben, und als sie hinterher wieder Sex hatte, schmerzte es sehr. Sie war nicht mehr so gut wie früher, ihre Gebärmutter war hinüber.

»Little Shanghai ist fertig, Little Shanghai ist fertig!«, alle sagten das. Doch Little Shanghai war davon nicht überzeugt, sie machte ihre Geschäfte mit dem Mund und war bald berühmt dafür. Sie wurde zur »Flötendomina« des Hotels. Doch ihr Mann hatte kein Glück im Spiel, er verlor immerzu, hatte Schulden, kündigte sein Zimmer und zog nach Kanton, wo er sich einige Zeit mit Einbrüchen durchschlagen und dann zurückkommen wollte. Er lieh sich Geld von ihr und sagte, sie solle schnell gesund werden.

Ihr Mann kam auch tatsächlich zurück – allerdings mit einer anderen Frau. Er wollte nach Macao gehen, denn seit so viele

Leute aus dem Nordosten in der Stadt waren, liefen die Geschäfte nicht mehr gut, und die Shanghaier zogen sich nach Macao zurück. Little Shanghai könne er nicht mitnehmen, denn sie mache es nur mit dem Mund, außerdem sei es zu teuer, die Papiere zu besorgen, und er brauche eine Frau, die es oben und unten mache. Little Shanghai dachte: »Wenn mein Mann mich nicht mehr will, weil ich krank bin, dann ist da nichts zu machen. Womit habe ich dieses Schicksal verdient? Warum werden so viele Frauen nicht krank davon? Jede Menge Frauen, manche werden betrogen, andere wissen von Anfang an, worauf sie sich einlassen. Geld haben sie alle nicht, das Geld bekommt der Mann, aber wenigstens haben sie noch Hoffnung: Sie warten darauf, dass der Mann sie heiratet oder ihnen Geld für die Rückkehr nach Shanghai gibt ...«

Und Little Shanghai? Das Geld, das sie bisher verdient hatte, hätte zwar für den Kauf einer ganzen Fabrik gereicht, dennoch besaß sie jetzt nicht mehr als fünfhundert Kuai, konnte keine Kleidung kaufen und nicht essen gehen. Sie ernährte sich von abgepacktem Salzfisch und Huhn mit gekochten Auberginen – die köstlichen geschmorten Eier, eine Shanghaier Spezialität, hatte sie noch nicht ein einziges Mal essen können.

Little Shanghai verließ das Hotel und wurde Abendhostess in einem Nachtklub. Ihr Durchhaltevermögen und ihre Wendigkeit sowie ihr Talent für Gesang und Tanz (sie sang die Lieder von Deng Lijun und behauptete, damit Preise gewonnen zu haben) führten dazu, dass sie im Handumdrehen wieder sehr gefragt war, viel Trinkgeld bekam und gelegentlich einem Gast folgte, um mit ihm zu schlafen. Die Gäste der Nachtklubs waren angenehmer als die Kunden auf den Hotelzimmern, sie gaben auch mehr Trinkgeld. Und da sie keinen Mann hatte, sondern nur für sich selbst wirtschaftete, musste sie nicht so hart arbeiten und tat manchmal eine Woche lang

überhaupt nichts. Sie fand, es gehe ihr allmählich besser, auch gesundheitlich, und sie fing an, darüber nachzudenken, wieder einmal nach Shanghai zu fahren.

Aber da erschien ein neuer Mann auf der Bildfläche, einer aus dem Nordosten, ein Dieb, kein »Hühnerkopf«, und als er für Little Shanghai Schuhe stahl, verliebte sie sich in ihn. Sie beschloss, wieder als Etagen-Hure zu arbeiten, denn so hatte sie viele Kunden in einer Nacht, nicht nur einen. Die beiden wollten Geld verdienen, um dann im Nordosten zu heiraten.

Little Shanghai kehrte in jenes Hotel zurück, wir konnten sie dort wieder im Fahrstuhl sehen, modisch gekleidet jetzt, immer lächelnd, und jeden Tag ging sie mit ihrem Mann zum Essen aus.

Der Neue war ein richtiger Mann, ein wortkarger Macher, der, wo er ging und stand, die Hosen herunterließ. Er passte perfekt zu Little Shanghai, sie sagte, er mache es genau richtig, den ganzen Tag könne er vögeln, ohne abzuspritzen, er steigere ihr Glücksgefühl ins schier Grenzenlose, sie sei ununterbrochen feucht … er sei der beste Mann, den sie je gehabt habe. Deshalb liebte sie ihn und hatte zum ersten Mal das Gefühl, dies sei endlich die große Liebe. Sie erlebte echtes Glück, Trauer, Eifersucht, verschwommene Fantasien, honigsüße Worte. Sie wollte dauernd Sex mit ihm haben, mehrmals am Tag, pausenlos.

Das Hotel hatte Verbindungen zur Mafia, die offenbar auf höchster Ebene Anstoß erregt hatten. Es wurde geschlossen und sogar der General Manager verhaftet. Am Tag der Razzia rannten die meisten Mädchen und Angestellten in alle Richtungen davon, nur Little Shanghai saß fest, denn sie war gerade im Fahrstuhl.

In der Untersuchungshaft hoffte sie jeden Tag, dass ihr Mann ihr frische Wäsche bringen würde. Er hatte eine Vollmacht für ihr Sparbuch, und sie hatte sehr viel Geld verdient.

Bestimmt könnten sie jemanden bestechen, um sie freizubekommen. Die anderen Frauen bekamen viel Besuch, einige wurden freigekauft, nur zu Little Shanghai kam niemand. Jeden Tag erzählte sie den anderen, wie sehr ihr Mann sie liebe, er hecke draußen bestimmt schon einen Plan aus.

Schließlich wurde sie zu einem Jahr Umerziehung in einem Frauenlager verurteilt und erzählte selbst dort ständig von ihrem Mann. Die anderen konnten es schon nicht mehr hören und machten sich lustig darüber. Sie lachten sie aus, halfen ihr aber auch, gaben ihr Kleidung und Gebäck. Weil sie schwanger war, brauchte Little Shanghai nicht zu arbeiten und wurde nach einem halben Jahr vorzeitig entlassen.

Sie erkundigte sich überall nach dem Verbleib ihres Mannes, setzte sich schließlich mit ihrem dicken Bauch in den Zug und fuhr nach Shenyang. Ihr Mann sagte: »Das Geld ist längst alle, und jetzt hau ab.« Dann sagte er noch: »Du glaubst doch nicht wirklich, dass ich es mit einem Shanghaier Mädchen ernst meine? Die ficke ich nur.« Das sagte ihr Mann wieder und wieder. Schließlich kehrte Little Shanghai allein in die Stadt zurück. Sie wollte ins Krankenhaus und das sieben Monate alte Kind abtreiben. Ein anderer Mann half ihr bei der Suche nach einer Klinik, verliebte sich in sie und wollte sie heiraten. Aber auch er hatte kein Geld.

Nach dem Eingriff geriet Little Shanghai völlig aus der Form, ihre Wangen waren eingefallen, die schwarzen Augen hatten ihren Glanz verloren, nur ihre Wimpern waren noch geschwungen wie zuvor.

Little Shanghai ging wieder in die Nachtklubs, aber sie war nicht mehr so gefragt, sie hatte kein Geld für gute Kleidung, und ihre alten Sachen hatte der Mann aus dem Nordosten entsorgt. Zuweilen betrog Little Shanghai ihren neuen Mann, dann ging sie mit jemandem für Geld ins Bett. Aber es war kein gutes Gefühl, weil ihr Mann das absolut nicht duldete,

sie stritten oft deshalb. Doch Little Shanghai war glücklich, weil sie bei diesem Mann endlich das Gefühl hatte, dass er sie wirklich liebte.

Eines Tages kam ein Brief von seiner Mutter, ihr sei zu Ohren gekommen, dass er verlobt sei, schrieb sie, daher habe sie sich zweitausend Kuai für die Hochzeit geliehen. Little Shanghai brach in Tränen aus: zweitausend Kuai! Früher hatte sie manchmal in einer Nacht ein Vielfaches davon verdient! In Erinnerung daran beschloss sie, mit dem Mann zu gehen und ihn zu heiraten.

3

Beautiful Night war ihr Name. Von klein auf war sie von Menschenhändlern gekauft und verkauft worden. Neunzehn oder zwanzig Jahre war sie alt, da war sie sich selbst nicht sicher. Sie konnte weder lesen noch schreiben, sprach merkwürdiges Chinesisch, die Aussprache so ungeschliffen und rauh wie ihr Äußeres. Sie sei Uigurin aus Xinjiang, sagte sie, aber wir wussten nicht, woher sie wirklich kam. Das wusste nur sie selbst, und sie erfand gern Geschichten, das war ihr Markenzeichen. Der Mann von Little Shanghai hatte sie aus Kanton hierher gebracht. Sie hatte Flecken auf der Haut, ihre Nase war künstlich verlängert worden, sie hatte große Augen mit Lidfalte, und ihre Brüste schienen mit Silikon gefüllt. Sie war ziemlich exaltiert, sehr aufbrausend, und als sie Little Shanghais Abstieg sah, beschloss sie, diesen Mann nur zu benutzen, um nach Macao zu kommen. Sie wollte nach Macao, in eine Spielhalle, um Geld spielen.

Da sie sichtbar Angehörige einer Minderheit war, konnte ihr Mann keinen Ausweis für sie fälschen. Den brauchte sie aber, um nach Macao zu kommen. Er besorgte sich selbst erst

mal einen, ging allein hinüber und wartete, dass sie heimlich nachkäme. Beim ersten Versuch fuhr der Bootsführer im dichten Nebel versehentlich nach Hongkong. Als sie es merkten, stellten sie sich der Polizei, wurden zurückgeschickt, zahlten etwas Strafe und wurden laufen gelassen.

Beim zweiten Versuch wurden sie verfolgt, und Beautiful Night schrie: »Warum fährst du so langsam, mach schneller!« Da der Bootsführer fürchtete, dass sie zu laut schreien und sie alle verraten könnte, beschleunigte er derart, dass sie unsanft auf den Hintern fiel. Dann hatten sie es endlich geschafft, nur war da keine Spur von ihrem Mann. Sie warteten und warteten, und da der Bootsführer sich um sein Geld geprellt sah, vergewaltigte er Beautiful Night, er griff nach ihren Brüsten, walkte und knetete sie und kam schließlich. Als er sich im Liegen die Hosen hochzog, um zu gehen, ließ Beautiful Night sich mit ihrem Hintern auf sein Gesicht fallen, ihre Schamhaare und sein Bart wurden eins, sie drückte ihre Beine zusammen, stützte sich mit den Händen ab, ihre großen Brüste begannen zu vibrieren, Beautiful Night fing an zu schreien, und im nächsten Augenblick war jede Faser ihres Körpers ein einziges erregtes Beben.

Als der Bootsführer schließlich ging, schwankte er, und sein Gesicht zeigte Spuren der Flüssigkeit aus der Höhle von Beautiful Night sowie Reste seines Spermas.

Beautiful Night kroch voran, überwand den Grenzdraht, fand die Straße. Sie wusste, dass man in Macao in einem Privatwagen nicht kontrolliert wurde. Also hielt sie Autos mit entsprechenden Nummernschildern an, kam jedoch mit niemandem ins Geschäft, weil sie nach dem Überwinden des Stacheldrahts mit Kratzern und Wunden übersät war. Deshalb suchte sie ein Telefonhäuschen, tauschte bei irgendjemandem Geld und rief mutig ihren Mann an, der gerade Karten spielte.

Beautiful Night putzte sich heraus und begann zu arbeiten. Sie wollte keine Hostess sein, denn in den Nachtklubs hier gab es sehr strenge Regeln. Man musste zum Beispiel »Eis und Feuer im neunten Himmel« beherrschen – so nannten sie französisch mit einem Stück Eis –, sich täglich föhnen, künstliche Wimpern ankleben und die halbnackten Brüste wie Luftballons zusammenquetschen.

Die Mädchen kamen aus Provinzen im Hinterland. Sie saßen, jede mit einer Nummer in der Hand, nebeneinander. Wie eine Welle lief das Heben und Senken ihrer Augenlider von links nach rechts und wieder zurück. So zur Auswahl dazusitzen wie ein Stück Vieh, fand Beautiful Night demütigend.

Sie zog es vor, irgendwo zu stehen. In Macao wählte sie nicht die Straße, sondern die Lobby des Pujing-Hotels, eines stadtbekannten Casinos.

Wie Little Shanghai machte sie Geschäfte mit den Spielern. Anders als Little Shanghai jedoch gab sie nicht das gesamte Geld ihrem Mann, und dies, obwohl sie seine Situation sogar verstehen konnte. Er hatte mehr als zehn Jahre gesessen, konnte sein Geld nicht anders verdienen und liebte das Glücksspiel, daran würde sich nie etwas ändern. Aber sie war nicht so blöd, ihn als ihren Mann anzusehen, natürlich versteckte sie Geld.

Allerdings war sie vergnügungssüchtig. Sobald ihr Mann nicht aufpasste, ging sie shoppen, und wenn sie das Gekaufte später auspackte, interessierte es sie schon nicht mehr. Außerdem trank sie, trieb es mit Männern, mit jedem Fälscher und Betrüger machte sie es kostenlos, oder sie bezahlte, um es mit Männern ihrer Wahl zu tun. Und sie spielte um Geld. Natürlich kam sie in kein Casino hinein, darum konnte sie nur die einarmigen Banditen bedienen, und sie verlor immer. Dann fluchte sie und ging einkaufen.

Eines Tages geriet sie auf dem Weg zur Disco in eine Ausweiskontrolle, und da sie keine Papiere bei sich hatte, wurde sie zum Grenzposten nach Zhuhai verfrachtet. Doch die chinesischen Grenzbeamten ließen sie nicht passieren. Sie sagten, sie sei ein Russenmädchen und schickten sie zurück zum Grenzposten Macao. Da musste Beautiful Night an einen Kunden denken, der einen riesigen Glasschrank voller Feuerzeuge hatte, alle Arten von Feuerzeugen. Andere haben wenigstens Feuerzeuge in Hülle und Fülle, dachte sie, und ich? Ich habe nicht mal eins! Sie brach in Tränen aus.

Ihr Mann kaufte sie frei, und um zu verhindern, dass sie weiteres Unheil anrichtete, schloss er sie in ein Hotel ein, damit sie dort Kunden empfing.

Am Ende verlor sie das gesamte Geld ihres Mannes und kehrte nach China zurück, so fühlte sie sich freier. Sie stand wieder auf unserer Straße.

4

White Powder ist mein Name. Ich hatte in dieser Stadt einen Geliebten, ohne den ich nicht leben konnte. Ohne ihn ging nichts mehr, und ich glaubte, so etwas sei »wahre Liebe«. Als er mich verließ, nahm ich Heroin. Ich war heftig drauf, nahm sehr viel, am liebsten bis ich total *high* war, es war wie sterben und auferstehen: Wenn du lebst, willst du sterben, und wenn du fast tot bist, willst du wieder leben. Ich dachte an nichts anderes mehr, ich war frei.

Manchmal, wenn ich zu viel Heroin genommen hatte, vermisste ich die Lippen eines Mannes. Hier machen die Männer es den Frauen nicht mit dem Mund, sie kennen das gar nicht, oder sie tun es nicht mit fremden Frauen, keine Ahnung. Ich begann, mich mit verschiedenen Männern zu verabreden. Ihre

Komplimente wiederholten sich, es gab nie etwas Neues, und alle waren beim Abspritzen wie kleine Kinder. Ich lag immer unten, und häufig brauchte ich mich gar nicht auszuziehen, war zu gelangweilt, um mich zu bewegen, geriet nur kurz in Ekstase. Wir sprachen nicht einmal miteinander.

Aber ich war verrückt danach zu sehen, wie Männer sich vor meinen Augen auszogen, ein sinnlicher Moment, der einzige, er kam schnell und war im Nu wieder vorüber.

Eines Tages zweifelte ich plötzlich, ob ich Saining liebte, denn ich wusste nicht mehr, was Liebe überhaupt war. Vielleicht war ich nur in die Stimmung verliebt, in die er mich versetzte. Der Gedanke erfüllte mich mit Ekel. Wenn ich mir vorstellte, wie ich einst Liebe mit ihm gemacht hatte, wurde mir zum Sterben übel. Von dieser Zeit an fühlte ich mich beschmutzt, Sex interessierte mich nicht mehr, mit dreiundzwanzig Jahren war mein Körper abgestorben.

Dank meines schweren Asthmas merkte ich an der Art der Reizung meiner Atemwege, womit der Stoff gestreckt war. Mit dem Pestizid 66 etwa, einem Pflanzengift, oder Rattengift. Die Dealer wurden am laufenden Band erwischt, verurteilt oder hingerichtet, ich musste ständig den Verkäufer wechseln. Keiner von ihnen konnte meine Nase betrügen. Denn allzu schlechte Drogen machten mich sofort krank.

Die Deals fanden auf der Straße oder in kleinen, düsteren Spelunken statt. Leute aus Chaozhou betrieben diese dreckigen Löcher, die sich am Rand der sauberen Metropole ausbreiteten, als sei es die Kanalisation der modernen und weltoffenen Stadt, mit unzähligen Ratten – ich hatte in Shanghai nie so große Ratten gesehen. Drogensüchtige Huren wohnten in den Mehrbettzimmern dieser Kaschemmen. Ich hatte das Gefühl, die Männer überhaupt nicht mehr zu verstehen,

denn diese Frauen waren nur Haut und Knochen, aschfahl, mit Geschwüren im Gesicht, ihre Körper voller Einstiche, oder sie hatten keine Zähne mehr – aber Freier fanden sie immer.

Das Heroin machte mich überempfindlich, ich hielt es in der Wohnung, die ich mit Saining geteilt hatte, nicht mehr aus, beschloss umzuziehen und wohnte, solange ich noch keine neue Bleibe hatte, in einer dieser Absteigen. San Mao organisierte mir ein kostenloses Zimmer. Keine Ahnung, wie er das fertig brachte. Seine Frau behauptete, San Mao habe früher auch zu dieser Mafia gehört. Sie erklärte, es sei ursprünglich eine Kinderbande gewesen, die Fahrräder gestohlen habe, dann wurden die Deals größer, eine *Gang* entstand, und in einem Kampf löste sich einmal ein Schuss, der San Mao dermaßen erschreckte, dass er sich, als er wieder zu sich kam, von der Mafia löste, Lieder des taiwanesischen Popstars Qi Qin zu singen begann und sich dann auf Rock 'n' Roll verlegte.

Ein Geruch nach Klimaanlagen, nach echtem und gestrecktem Heroin, Kondomen, Oralsex, Fastfood, eisgekühltem Obst, eine Atmosphäre von Schallplatten mit südchinesischen Liedern, Tischlampen, Acht-Kostbarkeiten-Suppe, von Hongkong-Dollar und chinesischen Kuai, vom Chef vom Dienst und von Erbrechen.

In diesem Gasthaus klopfte Little Shanghai an so viele Türen, dass ihr schwindlig wurde, sie die Orientierung verlor und schließlich bei mir landete. Sie hielt einen knallroten Apfel in der Hand, und ich fragte mich, welcher Gast ihr den wohl gegeben hatte. »Entschuldigung«, sagte sie, »ich habe mich schon wieder in der Tür geirrt.«

»Komm herein«, sagte ich. »Hilfst du mir? In meinem Badezimmer liegt ein Mann.«

29

Little Shanghai sagte, Tote seien sehr schwer, zu zweit könnten wir ihn bestimmt nicht bewegen. »Er ist nicht tot«, sagte ich, »er ist nur ohnmächtig.«

»Ohnmächtige sind genauso schwer wie Tote«, sagte Little Shanghai. »Ich hole meinen Mann, der soll dir helfen.«

Der ohnmächtige Mann war kein anderer als Little Xi-An, er war damals dauernd um mich herum, und so wurde er in meinem Badezimmer ohnmächtig, als er sich einen Schuss setzte. Ich benutzte keine Spritzen, es sind schon zu viele Leute an unsauberen Nadeln gestorben, und ich ertrage es nicht, wenn Leute sich vor meinen Augen einen Schuss setzen.

Ich bekam einen gewaltigen Schreck, war völlig durch den Wind. Die Frau von San Mao holte mich aus der Pension heraus. Sie bedauerte, mich jemals dort untergebracht zu haben, sie habe nicht gewusst, was für ein chaotischer Laden das sei, sagte sie. Sie werde San Mao zum Entzug nach Kanton begleiten, und sie fragte mich, ob ich nicht mitkommen wolle.

Nachdem Little Shanghais Mann Little Xi-An ins Krankenhaus gebracht hatte, wurden Little Shanghai und ich Freundinnen. Little Xi-An machte oft Geschäfte mit Little Shanghai. Ein Freund von Little Xi-An heiratete Little Shanghai schließlich. Little Xi-An verachtete »Hühnerköpfe«. Er hatte Little Shanghai einen anständigen Mann vermittelt, der genauso jung und hübsch war wie er selbst. Nachdem die Mutter dieses Mannes Little Shanghai die bewussten zweitausend Kuai zur Verfügung gestellt hatte, ging Little Shanghai fort und heiratete. Sie kehrte nie zurück.

Nach der Hochzeit bekam Little Shanghai eines Tages einen Anruf: »Ich habe Geld, einige Hunderttausend, kommst du mit mir?«

»Unmöglich«, sagte Little Shanghai. »Mein Mann ist dein

Freund, was fällt dir ein! Und wieso rufst du mich überhaupt an?«

»Weil ich plötzlich an unsere gemeinsame Zeit zurückdenken musste, du bist eine tolle Frau, und ich habe mir sagen lassen, dass du früher besonders sexy warst.« Als Little Shanghai das Wort »früher« hörte, schnitt sie Little Xi-An brüsk das Wort ab und legte auf.

Die Straße, ich dachte später an nichts als an diese Straße. Die Erinnerung quälte mich, aber es war immer noch die Straße, in der ich groß geworden war. In der Erinnerung an diese Straße lebte ich, nicht bei meinem ersten Mann und erst recht nicht in der Schule.

Auf dieser Straße tummelten sich Huren, Freier, Drogendealer, Blumenmädchen, Bettler und Fleischspieß-Verkäufer. Als später die Polizei kam, verschwanden all diese Menschen, verschwand die ganze Straße, verschwand das warme und beängstigende Stimmengewirr, verschwanden die Buden. Zu beiden Seiten der Straße wurden Hochhäuser errichtet, ihre dunklen Fenster-Augenhöhlen nahmen einen festen Platz in meinem Leben ein, schalteten ihr Licht ein und wieder aus. In grauen oder glorreichen Zeiten, sie waren immer da, nichts konnte mich von meinem Geheimnis trennen, und manchmal dachte ich, dieses Geheimnisses wegen mein Recht auf Hoffnung für die Zukunft verspielt zu haben.

Ich ging oft in jene Straße und suchte mit meinen bläulich schimmernden, vergifteten Augen ein anderes Augenpaar, ich musste jemanden finden, der mir Drogen verkaufte. Es gab nichts Wichtigeres, Drogen waren der Sinn meines Lebens. Ein Leben mit Drogen ist simpel, aber nicht einfach.

Eines Tages fand ich Beautiful Night, sie mochte mich, weil Saining mir einen großen Batzen Geld dagelassen hatte und

weil ich gebildet war. Beautiful Night sagte, sie hätte Menschen wie mich gern als Freunde.

Little Xi-An rief Beautiful Night und mich an, als wir gerade miteinander stritten. Beautiful Night war davon ausgegangen, dass ich nichts dagegen hätte, wenn sie einen Mann mit zu mir nach Hause brächte. Sie sagte, sie möge diesen Mann und mache keine Geschäfte mit ihm. Sie hätte ihn nur so mitgebracht, damit er ihre Freundin kennen lernen sollte. »Und du ausgerechnet nimmst dir, was dir nicht gehört!«, sagte sie und warf mich mit diesen Städterinnen in einen Topf, die nur auf Geld und Macht anderer schielen.

»Weißt du überhaupt, was ein Freund ist?«, schrie Beautiful Night mich an.

In diesem Augenblick klingelte ihr Handy, es war Little Xi-An. Beautiful Night sagte: »Ich werde nicht mit dir gehen, geh mir nicht auf den Geist, aber hier ist jemand, den du kennst, sie ist scharf auf Geld, frag sie.«

Little Xi-An sagte mir noch einmal das Gleiche wie ihr. »Mit deinem Geld kannst du dir jede Frau leisten, die besser ist als wir«, sagte ich, »wieso rufst du uns an?« Little Xi-An sagte, er wolle eine Frau, die er kennen gelernt habe, bevor er zu Geld gekommen sei. »Beautiful Night gehört zu den Frauen, die einfach verschwinden. Ich kann sie kurzfristig besitzen und bin nicht traurig, wenn sie geht. Du dagegen bist eine gebildete Frau – die einzige, mit der ich es noch nicht gemacht habe. Willst du jetzt, wo ich so viel Geld habe, nicht doch mit mir kommen? Ich kann dir eine Entziehungskur in der besten Klinik überhaupt schenken.«

»Gar nichts werde ich mit dir tun!«, schnappte ich und hängte ein.

Ich fragte Beautiful Night, wieso sie ihn nicht wollte. »Er ist schön und hat Geld!«

»Weil ich frei sein will«, sagte Beautiful Night, »ich werde

mich auf gar keinen Mann mehr einlassen, egal, ob ich ihn liebe, und egal, wer es ist.«

Damit ging Beautiful Night. Es machte sie wütend, dass ich ihr ihren Freund ausgespannt hatte, sie sprach nie wieder mit mir.

Einige Monate später bekam ich wieder einen Anruf, wieder von Little Xi-An.

»Nun bin ich vollkommen pleite,« sagte er, »willst du jetzt mit mir kommen?«

Ich lachte nur und legte auf.

5

Little Pigeon war ihr Name. Sie war eine Schönheit, klein, aber mit allem ausgestattet. Die Nachricht vom Tod Little Xi-Ans hatte sie überbracht. Little Pigeon war von den Ölfeldern in die Stadt gekommen, um der Armut zu entfliehen, arbeitete als Hure und fand, Marx' Theorie von der Akkumulation des Kapitals sei ein Verbrechen. Mit diesen hochtrabenden Gedanken gab Little Pigeon die Prostitution bald wieder auf.

Little Xi-An lernte sie durchs Geschäft kennen – wie Little Shanghai und Beautiful Night zuvor auch.

Er hatte sie angesprochen, weil er sie bewunderte und weil sie, genauso wie er, eine schwere Kindheit gehabt hatte. Er sagte zu Little Pigeon: »Du kannst mein Boss werden. Gemeinsam können wir die Macht des Establishments brechen.«

Wie furchtbar seine Situation tatsächlich war, sah Little Pigeon viel klarer als er. Sie war es gewesen, die Little Xi-An die gefälschten Papiere für seine Flucht nach Macao verkauft hatte. Zu einem völlig überhöhten Preis.

Auch ich hatte Little Pigeon in unserer Straße kennen gelernt, als sie gerade versuchte, Kunden für ihre falschen Papiere zu finden.

Little Pigeon fragte mich, was in Little Xi-An wohl vorgegangen sei, als er starb? Das wusste niemand so genau. Sein einziger Fehler war zu vergessen, dass er arm war. Er hatte es vergessen, und er wusste nicht, wie schnell einem 400 000 Kuai durch die Finger rinnen konnten.

Die Patientin

Die Helferin meiner Krankenschwester fragte, was ich zu Abend essen wolle. Sie sagte, es gebe süße Sesambällchen und *Meister Kang's* Instantnudeln.

»Willst du dich waschen? Soll ich dir heißes Wasser zurechtmachen?«, fragte sie. Ich öffnete die Augen und sah die Person neben meinem Bett an. Sie war eine Frau Anfang vierzig, hohe, hervortretende Wangenknochen, tiefbraune Gesichtsfarbe, dunkelrote Bluse und Hose. Sie sah wie eine Frau aus, die hart arbeitet, und ich fragte, wieso sie meine Pflegerin sei und wieso alle außer mir hier die gleiche Kleidung trügen?

»Weil ich eine Patientin bin«, sagte sie.

»Bist du auch zur Entgiftung hier?«, fragte ich.

Ihr Mund verzog sich leicht: »Weißt du denn nicht, was für Patientinnen hier sind?«, fragte sie.

»Was für welche denn?«, wollte ich wissen. »Das ist doch eine Entgiftungsstation oder nicht?«

Sie begann den Oberkörper hin und her zu wiegen und sagte freundlich: »Wir sind Geisteskranke, die ein Verbrechen begangen haben.«

»Wie bitte?«, fragte ich zurück, »Geisteskranke? Was für ein Verbrechen hast du denn begangen?«

Sie sah mir in die Augen und sagte: »Ich habe meinen Schwiegervater umgebracht.«

»Getötet? Wieso hast du das getan?«, fragte ich.

»Weil er mich immer beschimpft hat«, sagte sie, »deshalb habe ich ihm Pflanzengift in den Reisbrei gemischt.«

37

Mein Verbrechen war Drogenabhängigkeit, der Albtraum meiner Eltern. Ich war der Liebe und dem Alkohol erlegen und habe meinen Körper dann dem Heroin überlassen. Ich wusste, dass ich eine einsame Irre war. Mein Vater hatte mich erst heute Nachmittag hierher gebracht, doch meine Reaktionen waren bereits verzögert, denn ich hatte schon mit der Medikation begonnen. Mein Geist war nicht ganz klar, aber trotzdem machten mir die Dinge um mich herum Angst, und ich fand, dass die Kommunistische Partei (einschließlich meines Vaters) ganz schön hart drauf sei, Leute auf Entzug und kriminelle Geisteskranke zusammen in einer Klinik zu behandeln. Auf diese Weise wollten die Junkies nach ihrer Entlassung bestimmt nie wieder etwas mit Drogen zu tun haben. Im Vergleich zu ihnen, denke ich, muss ich mich für mein Verhalten schämen. Heroin hat eine Schwachsinnige aus mir gemacht. Als ich am Nachmittag hereingekommen war, hatte ich mich noch gewundert, wieso ich einen Raum für mich allein bekam, während der Vorraum voller Menschen war, und wieso die Junkies von Shanghai so alt waren.

In den ersten zweiundsiebzig Stunden haben die Ärzte wegen meines Asthmas nicht den »Turboentzug« unter Narkose durchgeführt, sondern mir eine Infusion gelegt, von der ich ganz *high* wurde, und manchmal habe ich heimlich am Regler gedreht und die Tropfgeschwindigkeit erhöht. Meine Helferin ging mit mir zur Toilette, zum Waschen und Zähneputzen, und sie machte das Zimmer für mich sauber.

Einmal, als sie mir zur Toilette half, sagte ein anderer Patient zu mir: »Sieh dich bloß an, du wirst bestimmt nie wieder Drogen nehmen, wenn du hier raus bist.«

Es war ein riesiger Raum, hinter dem ein weiteres großes Zimmer lag mit den Betten der Geisteskranken und derjenigen auf Zwangsentzug, ein schneeweißes Laken auf jedem Bett. Die Decken sahen aus wie lauter Zeitschriften, sie erin-

nerten mich an das Magazin *Kunst*, die Untergrundzeitschrift für Kunst in Peking. In einem weiteren Raum befanden sich Toilette und Waschgelegenheit, dort war es ewig dunkel, bis auf einen Streifen Mondlicht bei Nacht, selbst die Sonne am Tag wirkte wie der Mond, kalt wie im Tiefkühlfach. Ich lag im kleinsten Zimmer mit zwei Etagenbetten über- und untereinander, zusammen mit den anderen Patientinnen auf freiwilligem Entzug.

In dem bleichen Winter nutzten die Patientinnen das zitronengelbe Sonnenlicht, um Karten zu spielen oder Textilien aufzutrennen – sie zerrissen Stoffe oder ribbelten Strickarbeiten auf –, sie unterhielten sich, zuweilen auch mit den Ärztinnen, ihre Stimmen klangen wie das Zwitschern kleiner Vögel, und wenn ich sie von meinem Zimmer aus beobachtete, wirkte alles sehr friedlich. Nach dem Mittagessen sangen sie gemeinsam, das gehörte zum Pflichtprogramm. Außer *Auf Pekings goldenen Hügeln, welch ein strahlender Glanz* gaben sie moderne Stücke aus Taiwan und Hongkong zum Besten, zum Beispiel *Auf der Piste* oder *Danke für Deine Liebe*, alles Lieder, die die ständig neu eintreffenden Entgiftungspatientinnen auf die Tafel geschrieben und ihnen beigebracht hatten. Nach dem Singen stellten sie sich in die Schlange, um ihre Medikamente in Empfang zu nehmen, dann war Mittagsruhe.

Wegen der hohen Dosen Kortison sah ich total aufgedunsen aus. Die Patientinnen spielten im Sonnenlicht Karten, und vor dem Eingangstor hing ein gewaltiges Schloss. Die Kontrolle über sein Leben zu verlieren war so einfach, in der winterlichen Stadt schienen sich Mordwerkzeuge zu verbergen, mein Gehirn war völlig leer, und das kann nicht allein an den Medikamenten gelegen haben. Nachdem ich mit dem Heroin Schluss gemacht hatte, sah ich wirklich keinen Sinn mehr im Leben, und als ich keine Infusionen mehr bekam, setzte ich mich manchmal in das vordere Zimmer in die

39

Sonne. Und da stieß mich eine Patientin plötzlich von der Seite an: »Gibst du mir einen Keks?«, fragte sie. Ihre Augen sahen in eine andere Richtung und kehrten nur gelegentlich zu mir zurück, um mich bei der Suche nach einem Keks zu beobachten. Einige Patientinnen sahen zu, wie ich ihr den Keks gab, zogen ihre Blicke jedoch schnell wieder zurück. Mir fiel plötzlich auf, dass alle Patientinnen die Angewohnheit hatten, mit dem Oberkörper hin und her zu schaukeln und dabei unablässig das Gewicht vom linken auf den rechten Fuß zu verlagern.

Ich bekam die Erlaubnis, meinen Vater anzurufen. »Papa, mir geht es gut«, sagte ich, »nur hätte ich gern meinen Spiegel zurück, den haben sie konfisziert.«

Meine Ärztin rief mich in ihr Büro und sagte, sie hätten befürchtet, dass ich Selbstmord begehen oder bei anderen Patientinnen Unheil anrichten würde. »Aber jetzt nimm den Spiegel zurück.«

Am selben Abend fragte eine der Patientinnen mich im Waschraum, ob sie ich ihnen meinen Spiegel ausleihen könne. Nur um ihn kurz zu benutzen, ich würde ihn sofort zurückbekommen. Ich sah sie an und sagte: »Fünf Minuten, okay?« Dann holte ich den handtellergroßen Spiegel hervor, und sie begannen, sich nacheinander darin zu betrachten. An diesem Abend war ich überhaupt nicht einsam. Die mich zuerst um den Spiegel gebeten hatte, behielt ihn auch am längsten, und eine andere Patientin sagte, sie sei noch Jungfrau und schon fünfzehn Jahre hier.

»Jungfrau?«, fragte ich. »Kein Wunder, dass sie so jung wirkt.«

»Nichts da, ich bin alt, sehr alt.« Als sie das sagte, kamen mir die Tränen. Während der Entgiftung fängt man leicht an zu heulen, es ist mitunter sehr eigenartig. Mir waren meine Tränen etwas peinlich, aber es achtete sowieso niemand dar-

auf. Um meine Verlegenheit zu überspielen, fragte ich: »Warum bist du denn hier?« Sie antwortete nicht, aber eine andere sagte, sie hätte die Kinder ihrer großen Schwester umgebracht. »Himmel!«, sagte ich. Die Patientin schien gar nichts gehört zu haben, sie sah unbeirrt in den Spiegel und strich sich übers Gesicht. Eine sagte, sie habe behauptet, dass es kleine Teufel gewesen seien, darum habe sie sie getötet. Eine andere meinte, es sei passiert, weil die Schwester sie schlecht behandelt habe.

Ich holte mir den Spiegel zurück und musste den ganzen Abend darüber nachdenken, wie Menschen so durchdrehen konnten, dass sie töteten, wieso sie nicht rechtzeitig in eine Klinik gebracht wurden. Wie glücklich ich dagegen dran war: Ich war nicht verrückt, sondern nur feige wie eine Maus oder, wie mein Vater zu sagen pflegte: »Ein gutes Mädchen, das die Orientierung verloren hat.«

Meine Verpflegung war die gleiche wie die der anderen, ein Zeug, das ich einfach nicht hinunterbekam. Aber ich durfte mir von den Ärzten Snacks aus dem Kiosk mitbringen lassen. Meine Helferin kochte jeden Tag für mich, und ich bot ihr immer an, auch selbst davon zu essen, doch sie tat es nie, es sei denn, die Ärztin befahl es ihr, damit ich auch etwas aß. Eine Patientin erzählte, sie habe ihren Schwiegervater umgebracht, daher käme ihre Familie nie zu Besuch und bezahle auch ihre Krankenhausrechnung nicht, sodass sie als Helferin arbeiten und zusätzlich in Gummistiefeln in der Küche aushelfen müsse. Ich hatte das Gefühl, dass sie gern arbeitete, sie wirkte dann immer sehr glücklich. Eine andere Patientin erzählte lachend, ihr Lohn reiche so gerade für die Kosten ihres Aufenthaltes, aber schon Klopapier könne sie sich nicht leisten. Sie nehme zwar jedes Mal Papier mit aufs Klo, aber sobald sie dort hocke, verstecke sie es wieder in ihrer Kleidung.

41

Eine Patientin stand vor einer Wand, und als ich bemerkte, dass es »die Jungfräuliche« war, stellte ich mich dazu. Sie ließ den Kopf hängen und sah mich nicht an. Jemand sagte, sie stehe zur Strafe dort, weil sie geisteskrank sei und schon wieder gesagt habe, der Klinikchef sei ihr Mann.

Eine Patientin wurde ins Büro gerufen, und ich hörte, wie sie gefragt wurde, was sie der Patientin auf Entzug denn nun gestohlen habe. »Eingelegtes-Gemüse-Apfel-Banane«, leierte sie immer wieder, »Banane-Apfel-eingelegtes-Gemüse.«

Endlich war der Tag meiner Entlassung gekommen, und nachdem ich mich von allen verabschiedet hatte, bat ich meinen Vater, der Ärztin hundert Kuai zu geben. »Als Dank für Ihre Hilfe«, sagte ich, und sie solle meiner Helferin etwas davon kaufen.

Als mein Vater mich zum zweiten Mal in die Klinik brachte, hatte ich eine Glatze, ein Auge war kaputt, und ich war klapperdürr, ja, ich erkannte mich bald selbst nicht mehr. Aber als ich die schwere Eisenverriegelung zu den Krankenzimmern passierte, rief eine Patientin tatsächlich meinen Namen. »Sie ist wieder da, sie ist wieder da«, rief sie, »nur diesmal hat sie keine Haare.«

Wieder erklärte mein Vater der Ärztin, seine Tochter sei ganz bestimmt ein gutes Mädchen, nur zu eigenwillig. »Da sind wir in der Verantwortung, und wir sind bereit, den Preis dafür zu zahlen.«

Die Ärztin sagte: »Wir finden deinen Vater rührend, denk mal darüber nach, was er gesagt hat.« Dann wurde ich auf HIV und Syphilis getestet. Anschließend gaben die Ärztinnen mir Medikamente, andere als beim letzten Mal. Sie änderten die Therapie und sagten, diesmal werde es hart für mich, sonst könne ich nicht geheilt werden.

Ich bekam jeden Tag gelbe, rosa und weiße Tabletten. Daraufhin konnte ich nicht mehr schlafen, mir wurde am ganzen Körper heiß, ich lief unruhig im Zimmer hin und her, sprach mit mir selbst, mein Kopf war schwer und die Knie weich. Eines Abends schlüpfte eine Patientin zu mir ins Zimmer und sagte, wenn ich bald entlassen werden wolle, müsse ich die gelben Pillen weglassen. Als ich den Kopf hob, war sie schon wieder fort, sie hatte mich zu Tode erschreckt. Ich weinte und beschloss, die gelben Tabletten nicht mehr zu nehmen. Das sagte ich auch der Ärztin.

Ich litt unter Asthma, jeder Menge Albträumen und schied alle möglichen Flüssigkeiten aus, bevor es mir allmählich wieder besser ging. Und diesmal arbeitete ich mit den anderen Patientinnen zusammen. Eine zeigte mir, wie man Karten spielt. Ich begann meine Mutter zu vermissen, das Essen, das sie kochte, alles an ihr. Mit den anderen Patientinnen sang ich die Lieder von der Tafel. Nur konnte ich nach wie vor ums Verrecken nicht dieses völlig fettfreie, verkochte Essen vertragen, es erinnerte mich an das Essen in einem Gefängnis im Nordwesten, wo ich früher einmal gewesen war.

Einmal im Monat gab es geschmortes Fleisch in brauner Sauce, das war der Höhepunkt für die anderen. Ich bekam es nicht hinunter. Eine Patientin fragte: »Warum isst du das Fleisch nicht, warum isst du das Fleisch nicht?«

Das hörte meine Ärztin, eine wunderschöne Shanghaierin, eine junge, moderne Intellektuelle.

»Wieso essen Sie das Fleisch nicht?«, fragte sie ebenfalls. Ich sagte, mir werde übel davon, richtig übel. »Für wen halten Sie sich?«, fragte sie. »Sie werden es jetzt sofort aufessen!«

»Ich kriege es nicht hinunter«, sagte ich. Ob ich früher herauskommen wolle, fragte sie. Ich bejahte, und sie sagte: »Dann essen Sie. Sie sind nicht besser als die anderen, merken Sie sich das.«

Als ich mich immer noch weigerte, drohte sie, meinen Vater herzuholen, um zu sehen, ob ich es dann äße. Daraufhin beobachtete sie mich, wie ich das Fleisch Stück für Stück hinunterschluckte und dann weinend Stück für Stück wieder herauswürgte.

»Glauben Sie nicht, dass Sie etwas Besonderes sind«, sagte sie. »Ich will nicht noch einmal eine solche Verschwendung sehen. Das Geld, das Sie Ihrer Helferin beim letzten Mal haben geben lassen, wurde konfisziert, wissen Sie das? Sie sind nichts Besonderes, und Sie haben ihr keinen Gefallen getan, denn sie wird nie mehr als Helferin arbeiten dürfen, weil wir sie verdächtigen, Dinge für Sie getan zu haben, die sie nicht hätte tun dürfen, merken Sie sich das!«

Eine Patientin durfte nicht mehr mit uns arbeiten, weil sie eine Hautkrankheit bekommen hatte, sie saß auf einer Bank und sah uns zu. Als ich an ihr vorüberging, fragte sie: »Wo hast du denn so abgehangen, als du draußen warst?«

»Wie bitte?«, fragte ich. »Was heißt, ›wo hast du abgehangen‹? Wo warst *du* denn?«

»Ich bin in der JJ-Disco gewesen«, sagte sie. Dann musterte sie mich. Man sah ihr überhaupt nicht an, dass sie krank war, aber sie hatte auch die Angewohnheit, sich hin und her zu wiegen und von einem Fuß auf den anderen zu treten.

Als die Polizei einmal eine ganze Gruppe Junkies einlieferte, wurde es lebendiger, sie wurden auf Zwangsentzug gesetzt. Einmal sagte eine Patientin plötzlich zu mir: »Deine Venen sind super, da kommt ein Schuss bestimmt geil.« Zwei Shanghaierinnen, die gerade aus Japan zurückgekommen waren, kamen zu mir ins Zimmer. Sie sangen ständig japanische Lieder. Kurz vor Jahresende durften wir alle einen Ausflug in den modernen Stadtteil Pudong machen. Als der Bus uns zurückbrachte, sagte eine Patientin zu mir: »Weißt du was, draußen ist es toll!«

Weihnachten hatten wir eine Feier, bei der eine Patientin meine ganze Schokolade aufaß und anschließend für alle sang. Sie war die einzige Brillenträgerin hier und sang diese Weihnachtslieder, die sich wie Gedichte anhörten. Ihre irgendwie unwirkliche Stimme klang virtuos, ein wunderschöner Sopran. Als sie aufhörte, fragte ich sie: »Wie kommt es, dass du diese Lieder singen kannst?«

»Ich bin Lehrerin«, sagte sie.

»Und wie bist du hierher gekommen?«

Sie sagte, sie habe ihren Mann getötet. Wieso sie das getan habe, fragte ich.

»Er war einfach zu klein«, sagte sie, »einmal zugedrückt, und schon ist er erstickt.« Sie sprach mit unbewegter, ruhiger Miene.

Ich begann mich zu hassen und schwor mir, keine Patientin mehr zu fragen, weshalb sie eingeliefert worden sei.

Das Lied, das wir an diesem Tag gemeinsam sangen, war ein Liebeslied. Einige Dutzend ältliche Frauenstimmen erklangen: »Lass mich an dich denken, denken, denken, ein letztes Mal an dich denken, denn morgen werde ich eines andern Braut sein, aus ganzem Herzen an dich denken.« Die Stimmen waren klar, ohne Pathos und dennoch sehr bewegend, sie berührten einen wunden Punkt in mir, so gerührt war ich schon lange nicht mehr gewesen. Ich hatte mein Herz wiedergefunden.

In den folgenden Tagen begegnete mir dieser moderne Schlager noch häufig, ich lernte, dass er »Herzensworte« heißt, und ich brach jedes Mal fast zusammen, wenn ich ihn hörte, ließ alles stehen und liegen, um das Lied zu Ende zu hören. Dieses Lied erinnerte mich daran, woher ich komme.

Am Tag nach Weihnachten erwachte ich in aller Frühe. Meine Hilfe räumte das Geschirr ab und fragte, warum ich

die leckeren Dampfnudeln nicht gegessen hätte? Sie stellte jeden Tag die gleiche Frage, und ich antwortete jeden Tag: »Ich mag sie nicht, iss du sie doch!«

An diesem Tag trug sie auf meine Antwort hin das Schälchen hinaus, nahm anschließend den Wischmopp und wollte den Boden sauber machen, als sie sich plötzlich gegen die Wand lehnte, weißen Schaum spuckte und sich zusammenkrümmte. Ich wagte nicht zu schreien, sondern sah sie an, sah meinen Heizlüfter an und fürchtete, sie werde ihn nach mir werfen. Da kam eine Krankenschwester vorbei, und ich raunte ihr zu: »Sehen Sie nur, was ist mit ihr?« Die Krankenschwester trat ein, drückte der anderen den Wischmopp fest in die Hand und sagte zu ihr: »Es geht gleich vorbei, keine Angst, es wird alles gut.«

Nach ein paar Minuten stand meine Helferin auf und fuhr fort, den Boden zu wischen, das Gesicht kreideweiß, die Haare starr wie Stahlwolle. Ich wäre ihr gern zu Hilfe gekommen, wagte aber nicht, mich zu rühren. Einen Moment später kam die Krankenschwester zurück und sagte: »Sie ist krank, weil sie Ihre Dampfnudeln gegessen hat. Das macht sie jeden Tag, aber heute haben die anderen sie dafür zur Schnecke gemacht, darum ist sie krank geworden. Wenn Sie in Zukunft Ihre Dampfnudeln nicht wollen, geben Sie sie bitte immer abwechselnd auch an die anderen weiter.«

Es ging auf das Frühlingsfest zu, und alle machten sich schön zurecht, weil Besuchszeit war. Eine Patientin aß mit ihrem Sohn Kuchen, eine andere unterhielt sich mit ihrem Mann. Eine dritte saß bei ihrer mindestens achtzig Jahre alten Mutter. Eine wartete. Alle Patientinnen wippten vom linken auf den rechten Fuß. Ich steckte meine Hände in die Ärmel und saß auf der Bettkante, meine Füße kippten von links nach rechts und zurück, während ich die Schokolade ansah, die meine Mama mitgebracht hatte. Mama saß nur zehn Minu-

ten in meinem Krankenzimmer. Sie sagte, die Pförtnerin sei ganz schön abgebrüht, sie behaupte, wir Junkies seien ein nichtswürdiges Volk. Mama sagte, sie komme sich schon selbst wie eine Verbrecherin vor, sie müsse schnell verschwinden, um sich nicht noch mehr anhören zu müssen.

Wieder rückte der Tag meiner Entlassung näher, und ich wurde in den großen Schlafsaal verlegt. Die Patientinnen redeten im Schlaf, ich kam nicht zur Ruhe, hatte dauernd Hunger, stand mitten in der Nacht auf und aß Kekse. Eine Patientin beobachtete mich und lachte: »Ich verstehe nicht, wieso du in diesem Zimmer gelandet bist.«

Ich kam nach Hause und sagte, dass ich zuallererst baden wolle, in der Klinik sei es unmöglich gewesen zu baden, ich hätte ewig nicht gebadet. »Zu Hause ist das Wasser zu kalt«, sagte ich, »ich werde ins Badehaus gehen.« Meine Mutter gab mir einen Kuai, das sei genug, sagte sie. Sie wagt nicht, mir mehr Geld zu geben, dachte ich. Sie hat Angst, dass ich wieder Drogen nehme.

Ich war wieder zu Hause, ging wieder in das Badehaus, in dem ich als Kind so oft gewesen war. Ich trug die Perücke, die Vater mir gekauft hatte, kurzatmig schnaufend badete ich, und da ich immer noch schwach war, fiel die Perücke herunter. Eine Frau in mittleren Jahren sah die Perücke am Boden liegen, sah den Flaum auf meinem Kopf und ließ ihren Blick dann auf meinem Körper ruhen.

Als ich aus dem Badehaus herauskam, holte ich mir für zwei Mao einen frittierten Klebreiskuchen, der heiße Reis klebte mir an den Zähnen, echt lecker, dachte ich, und so billig. Ich war so froh, nie wieder *Meister Kang's* Instantnudeln und die Salzkekse aus dem Kiosk in der Entzugsanstalt essen zu müssen, nie wieder will ich dieses Zeug auch nur sehen, dachte ich. Ich wollte mein Leben in diesem Augenblick von Neuem beginnen, ich dachte an meine Familie, dachte, mir

würde nie mehr kalt sein, dachte an das Krankenhaus, aus dem ich gerade entlassen worden war, und daran, dass ich die einzige Patientin war, die zu Neujahr herausgekommen war. Und dann dachte ich: »Wirklich, Heroin ist superscheiße.«

Alle braven Kinder bekommen Bonbons

1

Als ich mehr als zehn Jahre alte Briefe heraussuchte

Nachdem ich die Oberschule geschmissen hatte, wurde ich einem Agenten vorgestellt, und meine kurze Karriere als Nachtklub-Sängerin nahm ihren Anfang. Ich singe gern, es beruhigt mich irgendwie. In diesen völlig lächerlichen Achtzigerjahre-Klamotten aus Taiwan spielte ich Herzschmerz auf der Bühne. Damals malte ich meine Augenbrauen gern dick und breit an, und ich liebte die taiwanesischen Popstars Su Rui und Wa Wa.

In unserer Gruppe gab es einen Tänzer, der noch jünger war als ich, er hatte glasklare Augen und war sehr sensibel, wir mochten uns und rauchten oft zusammen Zigaretten der Marke »Phönix«. Er hieß Little Beetle, dabei schien alles an ihm besonders groß zu sein, er hatte so gar nichts von einem kleinen Käfer. Little Beetle war ein »Kind der Schuld«. So werden Kinder von Intellektuellen genannt, die in der Zeit der Landverschickung ihrer jungen Eltern geboren wurden. Ein bekannter Roman und ein Fernsehfilm tragen diesen Titel. In Shanghai leben sehr, sehr viele »Kinder der Schuld«, sie sind zumeist in den Siebzigerjahren geboren, wohnen nicht bei ihren Eltern und werden nicht selten als eine Art »Neue Menschen« diskriminiert. Auch Little Beetle hatte keine Verwandten in Shanghai.

Als wir einmal für ein paar Gigs nach Xining fuhren, schien er sich ganz besonders zu freuen, er tänzelte herum wie bei einer Sportvorführung. Little Beetle war in Xining aufgewachsen, er liebte die Morgendämmerung des Nordwestens, sie sei rein und ehrlicher als anderswo.

Schon während der Zugfahrt nach Xining erzählte Little Beetle mir ununterbrochen von seinem Kindheitsfreund Bleichgesicht.

Im Nordwesten beherrschen die Farben Grau und Schwarz alles, nur der Himmel ist der blaueste, den man sich vorstellen kann. Dann sah ich Bleichgesicht, der nicht größer war als wir und tatsächlich sehr bleich, und dafür, dass er als Schläger bekannt war, sah er überraschend gut aus. Er hatte schwarze Augen, einen undurchdringlichen Blick, leicht gewelltes Haar, und ich stellte fest, dass seine Füße ungewöhnlich klein waren. Bleichgesicht lud mich und Little Beetle zum Tanzen ein.

Das war 1987, damals gab es keine Discos, nur Tanzveranstaltungen für Leute jeden Alters, die sich mit Foxtrott und Walzer amüsierten. In den Tanzlokalen des Nordwestens ging es ziemlich chaotisch zu, es gab oft Schlägereien um die Tanzpartnerin, was für uns Shanghaier sehr aufregend war.

Bleichgesicht hatte ein Mädchen von etwas altertümlicher Schönheit mitgebracht, das noch jünger zu sein schien als ich. In unserer Gegenwart sagte er zu Little Beetle, er wolle mit ihm die Tanzpartnerin tauschen. Mir gefiel diese Art nicht. Ich fand, wenn er mit mir tanzen wollte, hätte er mich ruhig selbst auffordern können. Mir schien es damals, dass das der Unterschied zwischen Shanghaiern und Leuten aus dem Nordwesten war – aber Little Beetle stimmte begeistert zu, und ich wollte ihm nicht in den Rücken fallen.

Während ich mit Bleichgesicht tanzte, lief gerade *Auld*

Lang Syne, und alle tanzten so verbissen, als sei dies das Fenster zu einem neuen Leben.

Als Bleichgesicht mich nach unserem zweiten Auftritt in Xining einlud, mit ihm allein auszugehen, fragte ich, wieso er das tue. Vielleicht vergriff ich mich im Ton, denn ich war nicht besonders guter Stimmung, weil die älteren Mitglieder des Ensembles ständig wegen der Gagen stritten. Vielleicht reagierte er aber auch auf die Frage an sich empfindlich, jedenfalls wurde er wütend. Er sah mich an und fragte: »Wieso kann ich dich nicht einladen, mit mir tanzen zu gehen?« Ich sagte, ich hätte nicht behauptet, dass das nicht ginge, ich hätte nur gefragt, warum er es tue. »Kommst du nun mit?«, fragte er. Ob er krank sei, fragte ich. Wie er so mit mir reden könne. »Kommst du nun mit?«, fragte er wieder. Er sprach ohne Gefühl und ohne die Stimme zu heben. »Nein!«, entschied ich. Als Bleichgesicht mich ansprach, hatte ich gerade in der Gedichtsammlung *Die Städter* gelesen, und parallel zu meinem »Nein!« schmiss ich nun das Buch zu Boden.

Da bekam ich es mit dem Messer von Bleichgesicht zu tun. Ich sah weder, wo er es auf einmal herhatte, noch dass er es gegen mich erhob, und auch nicht, wie er seine Hand wieder zurückzog. Ich sah lediglich, dass er kreidebleich vor mir stand, das Messer fast krampfartig umklammernd, und interessanterweise nicht mich ansah, sondern zum Fenster hinausstarrte.

Er hatte mich mit dem Messer erwischt, mir wurde kalt, im Schmerz flackerte plötzlich ein Gefühl auf, als würde ich meinen Körper verlassen, und ich wurde regelrecht euphorisch. Schauer eines Taubheitsgefühls jagten meinen Rücken hinunter, mein Gehirn schien vollkommen leer, und irgendwie liefen mir Tränen über die Wangen. Ich begann zu zittern, ein Gefühl ähnlich dem, das mich beim Lesen bestimmter

Gedichte und beim Hören bestimmter Lieder oder Geschichten befällt – nur kam es erheblich schneller und viel stärker.

Bleichgesicht fragte wieder: »Kommst du jetzt mit?«

Er sah mich immer noch nicht an.

»Wohin soll ich mitkommen?«, fragte ich.

»Tanzen«, sagte er.

»In Ordnung«, sagte ich, »lass mich nur im Bad das Blut abwaschen.«

Als ich zurückkam, baute ich mich vor Bleichgesicht auf, und als er den Kopf hob, fuhr das Messer in meiner Hand in seinen Unterleib. Es drang ein, und ich zog es nicht wieder heraus. Das Messer war ein Geschenk meines Vaters, ein Messer aus Xinjiang. Ich weiß nicht, wieso er es mir damals gegeben hatte, das war genauso bizarr wie seine Zustimmung zu meiner Entscheidung, die Schule zu verlassen – mein Vater ist nämlich ein Intellektueller.

Bleichgesicht stand unbeweglich vor mir, wir standen einander gegenüber und starrten uns an, sein Gesichtsausdruck war verwirrt, aber bevor sich die Verwirrung auf mich übertragen konnte, hatte ich schon das Gefühl zu stürzen, alles um mich her kam zum Stillstand. Mir brach der Schweiß aus, und dann flog ich, flog einfach davon.

Die anderen kamen herbei. Zwei Messer, zwei blutende Menschen. Little Beetle kam auch, stand wie Bleichgesicht da und starrte mich an. Irgendjemand holte die Polizei, ich wurde abgeführt. Die Polizei im Nordwesten geht besonders drastisch vor. Und da Bleichgesicht von hier stammte, dachte ich, dass ich jetzt bestimmt erledigt wäre.

Jeden Morgen musste ich im Hof zwischen den anderen Gefangenen mit auf dem Rücken gefesselten Händen vor dem Slogan *Milde Bestrafung dem Geständigen, strenge Bestrafung dem, der leugnet!* niederknien. Die Gefängniswände waren übersät mit merkwürdigen Sprüchen, einer

großartiger und wortgewaltiger als der andere, allesamt mit scharfen Gegenständen in die Mauern geritzt. Ich sprach mit niemandem, denn ich hatte Angst. Nun, da mein Schicksal besiegelt schien, konnte ich tatsächlich nichts mehr tun. Ununterbrochen streckte ich meine Beine aus und betrachtete sie. Ich trug die damals hochmodernen schwarzen Seidenstrümpfe, die so gar nicht zu meinem Alter passten, aber durch die ständige Selbstbeobachtung erkannte ich immerhin, dass ich schöne Beine hatte.

Little Beetle besuchte mich. Er fragte, was es für ein Gefühl gewesen sei, das Messer in Bleichgesicht hineinzustoßen.

Ich dachte darüber nach, sagte aber nichts. Tatsächlich fand ich, dass es sich so ähnlich angefühlt hatte, wie in eine wattierte Baumwolldecke zu stechen.

»Bereust du es?«, fragte Little Beetle.

Ich sagte: »Ich wusste nicht, was ich tat. Ich weiß auch nicht, wieso ich auf ihn eingestochen habe. Ich musste es einfach tun. Mir war gar nicht klar, dass ich fast einen Menschen umbringe, und ich will dafür bestraft werden. Aber hier ist es wirklich zu dreckig! Jeder pisst und kackt auf den Boden, alles ist voll davon, ich habe das Gefühl, dass mein Körper eine einzige Entzündung ist, das Essen stinkt erbärmlich – wie schön ist es doch draußen, selbst wenn man Hunger hat.«

Little Beetle sagte: »Weine nicht, dir wird nichts passieren, du bist noch nicht mal achtzehn, eigentlich hätten sie dich gar nicht hier einsperren dürfen. Ich war bei Bleichgesicht, er ist aus dem Krankenhaus heraus und will dir helfen, du wirst bald frei sein.«

Im Zug zurück nach Shanghai fühlte ich mich frei wie ein Vogel, offenbar spürte ich zum ersten Mal, was Freiheit eigentlich ist. Ich hatte ein Gefühl von »Nun beginnen alle spannenden Dinge«. Lange sah ich zum Fenster hinaus, die schier

unendliche Weite der Ebenen spiegelte mein Gefühl, die blattlosen Zweige der Bäume mein Denken. Wie groß die Welt war! In der Nacht liebte ich das Geräusch des hin- und herschwankenden Zuges und schrieb Gedichtzeilen wie »Kreise ziehend möchte ich meine Flügel ausbreiten« in mein Notizbuch.

Plötzlich empfand ich Mitgefühl für Bleichgesicht, ich glaube, ich mochte ihn, die Erinnerung an sein Gesicht machte mich neugierig. Vielleicht lag es daran, dass er etwas besaß, das mir so gänzlich fehlte. Jedenfalls riss mich der Gedanke an ihn aus meiner Lethargie, gab mir das Gefühl, einfach davonzufliegen. Ja, wenn ich an ihn dachte, wurde ich ganz enthusiastisch. Ich fing an, ihm Briefe zu schreiben, schickte sie jedoch nie ab. Später dann, als ich Saining hatte, dachte ich nie wieder an Bleichgesicht.

Irgendwann erzählte Little Beetle, dass Bleichgesicht später wegen Plünderung alter Grabstätten zu mehr als zehn Jahren verurteilt, dann aber begnadigt worden sei und im Nordwesten ein Geschäft aufgemacht habe. An einem Nachmittag zehn Jahre später kramte ich die alten Briefe wieder heraus, und ich brauchte nur die fröhliche kleine Narbe an meinem linken Handgelenk zu berühren, schon fühlte ich das Messer wieder eindringen, schon spürte ich wieder diese grenzenlose Leere. Es kam mir überhaupt nicht mehr vor wie etwas, das ich irgendwann einmal getan hatte. Und die Briefe dufteten nach Jugend.

2

Little Beetle

Niemand wärmt noch einmal meine welke Hand
Dein Rücken ist mein süßer Traum
Dünn wird allmählich mein Blut
Mein Gefühl sinkt in den Himmel

Du tauschst deine Zärtlichkeit gegen alles in mir
Weiß wie der Himmel ist mein jetziges Ich
Die Tränen der Welt gefrieren zu Eis
Warum willst du bis heut' nicht vergessen?

Die ganze Welt ist dem Gefrierpunkt nah
Jede verletzte Seele hofft auf Schlaf
Zur Besinnung kommen ist mir wie Strafe
Die ganze Welt ist dem Gefrierpunkt nah
Jede verletzte Seele sinkt in tiefen Schlaf
Zur Besinnung kommen ist meine Hoffnung und Fantasie

Gruppe Mondfinsternis, »*Gefrierpunkt*«

In ihrem neuen Outfit sah Red aus wie eine Comicfigur, manchmal vermutete ich, dass sie sich mehr um ihre Frisuren als um ihre Klamotten kümmerte. Sobald es regnete, trug sie eine Brille mit zitronengelben Gläsern und kam in die Bar, in der ich auftrat. Heute hatte sie zwei äußerst attraktive Männer dabei. Einer von ihnen wird es werden, dachte ich. Viele Männer umschwärmten Red, doch keiner ergriff die Initiative, und Red liebte es, begehrt zu sein, das war das Problem. Red sollte mehr lachen, dachte ich, und auf keinen Fall mit nach oben gezogenen Mundwinkeln sprechen.

Sie hatte ein feines Gespür für Gitarren und ließ sich keinen Gitarristen entgehen, der ihr interessant erschien. Nachdem sie das letzte Mal aus der Entzugsklinik entlassen worden war, hatten wir eine kurze Affäre gehabt. Damals war sie völlig heruntergekommen, und ich glaubte, sie brauche entweder jemanden, der ebenso tiefe Verletzungen erlitten hatte wie sie, oder einen extrem einsamen Mann. Ich war weder das eine noch das andere. Ich hatte nicht so viel erlebt wie Red, und natürlich hatte ich deshalb auch keine Chance, ihr Innenleben wirklich zu verstehen. Ich habe den Seelenkummer vieler schöner Mädchen kennen gelernt, ich liebte die

hübschen Mädchen in den Kaufhäusern Shanghais und in Paris im Frühling. Zehn Jahre lang habe ich Red gekannt und immer wollte ich wissen, wie sie kurz vor dem Einschlafen aussah, wie sie wirklich war. Doch das habe ich bis zu unserer Trennung nie herausgefunden.

Heute trägt sie einen Latex-Overall, und ich frage sie, ob sie mir ein hautenges Latex-Hemd organisieren könne. Ich träume schon lange von so etwas, sage ich, es wird ein Symbol meines Willens und meiner Freiheit sein.

3

Dunkler Quell

Von den Männern, die ich kenne, sind neunundneunzig Prozent stinklangweilig, und von dem verbleibenden einen Prozent haben neunundneunzig Prozent eine Freundin. Viele Männer wollen etwas mit mir anfangen, aber sie haben alle schon eine Beziehung. Sobald ich aber erfahre, dass der Mann eine Freundin hat, erfasst mich ein Gefühl der Kälte; ich kann das nicht akzeptieren. Ich kann mir einfach nicht vorstellen, dass ein solches Arrangement mich glücklich machen könnte.

Ich möchte nicht mehr hoch im Himmel schweben und anschließend hinunterstürzen, ich schrecke davor zurück, noch einmal den Körper irgendeines Mannes zu berühren. Ich werde immer kälter, an meinem Himmel drängen sich dunkle Wolken, und all meine Hoffnungen schwinden. Wenn ich zurückschaue, komme ich zu folgendem Schluss: Das »Normale« in meinem Körper ist gründlich zerschlagen worden, und so wurde die Zeit zweigeteilt in ein »Davor« und ein »Danach«.

Es ist, als wäre ich in eine neue Welt eingetreten, und ich
sage mir, dass dies nur die ganz normale Auseinandersetzung
mit dem Selbst ist, so wie ich gestern meine Kerze angezün-
det habe. Jemandes Freund ist gestern gestorben, meine
Augen und meine Seele weinten. Ich kletterte die Stufen hinauf, zog etwas über, zündete alle Kerzen an und sprach
Gebete für den verstorbenen Freund – zugleich verstopfte die
Leitung zu meinem Denken gründlich, ich bin müde.

Es ist, als wäre ich in eine neue Welt eingetreten, alles ist
nur eine Frage der Zeit, sage ich mir. Ich sehne mich nach
dem Tag, an dem ich irgendwo auftauche und augenblicklich
befreit wäre.

4

Bi Yuntian

Ich heiße Bi Yuntian, bin Schauspieler von Beruf und zum
zweiten Mal in Shanghai. Red ist die Einzige, die ich in dieser
Stadt kenne. Mit ihrer neuen Frisur sieht ihr Kopf wie ein
Baum aus. Als ich letztes Jahr plötzlich ohne Freundin dasaß
und keine Wohnung, kein Auto und keinen Pfennig Geld
mehr hatte, habe ich mir geschworen, nie wieder Liebeskummer zu haben. Und da ich nie wieder Liebeskummer haben
wollte, konnte ich auch nicht mehr richtig lieben. Trotzdem
hat diese Trennung mich ziemlich umgehauen, aber Red geht
es noch schlechter. Sie sagte, selbst zum Küssen müsse sie
den Kopf einschalten. Dann wollte sie plötzlich nach Hause
und schlug vor, dass ich mit meinem Freund in anderen Bars,
in denen es Frauen im Überfluss gab, weitertrinken solle.

Die Frau, die sich da im Spiegel betrachtet, habe ich
gestern Abend im Sojamilch-Geschäft »Ewiger Friede«

abgeschleppt. Shanghaier Mädchen sind etwas Besonderes, sie verstehen es, sich zurechtzumachen, ja, sie projizieren ihre Träume auf die Männer. Gerade hat sie gesagt, sie sei früher eine Prostituierte gewesen, habe sich aber inzwischen zur Ruhe gesetzt. Gestern Abend habe sie auf den ersten Blick gesehen, dass ich der Mann sei, den sie zurzeit brauche.

Es ist mir wichtig zu wissen, wie andere mich wahrnehmen. Die meisten sehen in mir den zuverlässigen, gut aussehenden Mann, das hat mich geprägt. Ich hatte mich immer ändern wollen, ein Zuhälter werden, doch bevor ich so weit bin, treffe ich eine Prostituierte, die sich zur Ruhe gesetzt hat, und das zieht mir den Boden unter den Füßen weg. Das Bett ist noch warm, aber die ganze Situation stimmt mich trübselig.

Die Zerstörung vor Augen kann ich froh sein, dass ich Schauspieler bin. Heute steht ein Liebesdrama auf dem Programm – fast so gut wie selbst erlebt und außerdem gratis –, tatsächlich sind wir auf der Bühne authentischer als jemals sonst. Liebe ist einfach, doch sobald etwas Reales hinzukommt, gerät alles durcheinander. Daher betrachte ich jede Liebesszene voller Empathie. Ein Stück braucht nur aus mindestens drei Flirt-Szenen zu bestehen, damit wir uns verlieben können, wenn wir wollen. Aber ich habe das nie versucht, denn das Stück würde schnell zu Ende sein und das nächste bald beginnen.

5

Drei geschlagene Frauen

Ich weiß, dass dein Freund Bi Yuntian nichts mehr von mir wissen will. Ich habe ihm ein Foto weggenommen. Vielleicht habe ich ihn auch verschreckt, beim Abschied war die Stim-

mung sehr gezwungen. Die Gefühle sind zerstört, eine neue Annäherung wäre sinnlos. Gelegenheitsliebe, das ist nicht schwer, aber zu viele One-Night-Stands machen alt, und ich habe Angst zu altern. Liebe gibt es überall, und wenn mein Telefon klingelt, tut es das auch der Liebe wegen. Im Grunde genommen sind fast alle Menschen gleich, am Ende wollen alle einen festen Partner, der sie auf ihrem Weg begleitet. Zurzeit gibt es nur einen Mann, der überhaupt mit mir zusammen sein will. Aber der ist der reinste Horror, und ich fürchte, dass er mich wieder schlagen wird. Dieser Mann war meine erste große Liebe.

Ich war damals jung, hatte von nichts eine Ahnung und liebte ihn, weil er gut im Bett war. Er war ein energiegeladener Müßiggänger, der mich immer mit irgendeiner Krankheit ansteckte. Dann ging ich mit ihm zum Arzt, ohne mich je zu beklagen. Eines Tages wollte ich ihm einen Denkzettel verpassen, indem ich ihn verließ. Ich wollte wissen, ob ich ihn nun interessierte oder nicht. Aber da legte er erst so richtig los! Stück für Stück machte er mich fertig. Einen ganzen Monat lang durfte ich das Haus nicht verlassen. Er schlug mich. Was ich auch sagte, es nutzte alles nichts. Es schien ihm Spaß zu machen. Er schlug mich jeden Tag und wollte offenbar nie wieder Sex mit mir haben. Einmal, er hatte aus irgendwelchen Gründen gute Laune, führte er mich zum Essen aus. Als ich zur Toilette ging, beobachtete ich von der Tür aus, wie er bei einem Verkaufsstand am Straßenrand einen Gürtel aussuchte – da lief ich los, rannte wie verrückt, rannte nach Hause, meine Mutter zog mich mit sich, und wir rannten gemeinsam weiter. Wir liefen zum Kai, wo Mutter mir eine Schiffskarte kaufte, und da das Schiff erst am nächsten Tag ablegte, bat sie die Leute, mich an Bord übernachten zu lassen. Dann gab sie mir zweihundert Kuai und bat mich, nie

wieder nach Hause zu kommen. Fünf Jahre verstecke ich mich schon. Er sucht mich immer noch und hat meiner Mutter gesagt, er werde ewig auf mich warten. Mich wundert das – er schien wie verhext. Aber wie auch immer, ich will nichts mehr von ihm, von einem so furchtbaren Typen. Ich war fertig und unattraktiv, und wenn mich ein anderer Mann unter diesen Umständen gewollt hätte, wäre ich schwach geworden – aber nicht bei ihm. Wie auch, so horrormäßig, wie der drauf war.

Ich bin auch von einem Mann geschlagen worden. Ich habe ihn bei einem Kurs kennen gelernt, den Sun Mengji leitete. Später hat er mich dann angerufen und gesagt, es würde eine Theatervorstellung bei ihm zu Hause geben. Ich ging hin, aber das Stück bestand aus dem Tanz einer einzelnen Frau, die sich in allen erdenklichen Posen präsentierte und dazu Dinge sagte, die mit dem Tanz nicht das Geringste zu tun hatten. Er hatte das Stück geschrieben, zeigte mir das Skript, legte seine Ansichten dar, und plötzlich hatte ich das Gefühl, er sei Künstler. An diesem Abend wollte er mit mir schlafen. Ich sollte es tun, dachte ich, damals war ich ganz verrückt nach Künstlern und hätte gern einen zum Freund gehabt. Außerdem liebte ich Rock 'n' Roll, und was bedeutete da schon Sex, es gibt immer ein erstes Mal. Bei mir war das erste Mal nichts Besonderes, es war alles so chaotisch. Danach erzählte er etwas von Mit-mir-leben-Wollen, ich war überglücklich. Nachdem wir miteinander geschlafen hatten, wollte ich jeden Tag mit ihm zusammen sein. Wir haben mit der Liebe bezahlt, also müssen wir auch auf sie aufpassen, an sie glauben. Bei ihm zu Haus sah es unglaublich chaotisch aus, und immer fehlte irgendetwas. Als er einmal fortging, um Arbeit zu suchen, und ich in der Zwischenzeit einkaufte, rastete er völlig aus. »Das ist meine Wohnung«, sagte er, »wenn du Sachen kaufst

und mitbringst, tu sie in eine Schublade. Für mich bist du eine armselige Frau, und wenn ich dich hier wohnen lasse, dann nur, um deinen guten Ruf zu wahren, damit du nicht das Gesicht verlierst, kapier das gefälligst!« Dann drückte er mich gegen die Wand und schlug brutal auf mich ein. »Das soll dir eine Lehre sein«, sagte er, »nur weil es dein erstes Mal war, bin ich noch lange nicht für dich verantwortlich. Bist du nicht supergeil? Und jetzt, wenn ich dich schlage, was ist dann?« Ich heulte und schrie. Er ging und sagte, wenn er zurückkomme, wolle er mich nicht mehr sehen. Ich war ganz durcheinander. Ich glaubte wirklich, es sei alles mein Fehler, ich dürfe einen Künstler nicht so behandeln. Ich hasste mich. Als er mitten in der Nacht zurückkam, starrte er mich unentwegt an und sagte, er habe schlechte Laune, weil er keine Arbeit gefunden habe. Er sei Künstler, und es gebe keinen Grund, ihn nicht zu bewundern. Er entschuldigte sich damit, dass er immer solche Stimmungsschwankungen habe, das müsse ich wissen. Danach hatte ich umso mehr das Gefühl, es mit einem Künstler zu tun zu haben. Wenn ein Mann eine Frau einmal schlägt, tut er es immer wieder, das weiß jeder. Er schimpfte und sagte, ich hätte mich an der Haushaltskasse vergriffen, er selbst tue das nie, so ein toller Kerl sei er. Also tat ich es nie wieder. Ich war damals Praktikantin, eine Nachtschicht brachte mir neun Kuai, und ich arbeitete möglichst oft – aber er schlug mich trotzdem und behauptete, ich sei eine Hure. So hässlich wie ich sei, wer würde mich da schon wollen, fragte ich. Da schlug er mich noch brutaler zusammen, ich sei nicht nur hässlich, sondern auch unfähig. Anschließend entschuldigte er sich, er habe es am Magen. Dann krümmte er sich wie immer auf dem Bett zusammen und weinte. Beim letzten Mal schlug er mich ganz besonders grausam, als ich die Zusage von einer Plattenfirma bekommen hatte. Er war wie von Sinnen, und als ich danach weglief, wurde ich von

63

einem Auto angefahren. Seitdem tut mir das linke Bein weh, wenn es regnet. Damals beschloss ich, dass kein verdammter Mann mich je wieder schlagen würde. Und so verlor ich ganz plötzlich das Interesse an ihm. Heute denke ich, dass er mich vielleicht deshalb geschlagen hat, weil das mit dem Sex bei ihm nicht so gut lief. Jedenfalls hatte ich einen denkbar schlechten Einstieg mit Männern.

Ich bin auch von einem Mann geschlagen worden. Die Prügel kamen immer ganz unvermittelt und unvorhersehbar. Das letzte Mal wollte ich mich nicht mehr vor ihm verstecken und sagte: »Bring mich doch um! Bring mich doch um!« Als ich mit Kopf und Hintern wackelte wie eine Hündin, erschrak er fürchterlich. Er sagte zwar, dass er mich schlage, weil er mich liebe, doch spürte ich beim besten Willen nichts von Liebe bei meinem malträtierten Hintern, der wie Feuer brannte.

Sie war ein hässliches Mädchen, hat dich das zu dem Plan bewogen, sie umzubringen? Sie war ein hässliches Mädchen, hat das zu dem Impuls geführt, sie zu schlagen? Sie war ein hässliches Mädchen, hast du dich dadurch sicher gefühlt? Hässliches Mädchen, hässliches Mädchen, du hasst sie, nicht wahr, nur weil sie ein Teil von dir ist?

Sie ist ein hübsches Mädchen, hast du dir darum so anzügliche Gedanken gemacht? Sie ist ein hübsches Mädchen, wolltest du sie deshalb fallen lassen? Sie ist ein hübsches Mädchen, hast du darum mit ihr das Bett geteilt? Schönes Mädchen, schönes Mädchen, hasst du sie, nur weil sie ein Teil von dir ist? Wenn du sagst, er sei ein brutales Schwein, gibt dir das die Befriedigung, ihn verletzt zu haben? Wenn du sagst, er sei ein brutales Schwein, gibt dir das das Gefühl, ihn geschlagen zu haben? Wenn du sagst, er sei ein brutales Schwein, wird dir dann nicht übel? Fürchtest du nicht, zu werden wie er? Bruta-

les Schwein, brutales Schwein, hasst du ihn nicht, nur weil er ein Teil von dir ist?

Wenn du sagst, er sei ein Geizhals, spürst du dann nicht die kindliche Befriedigung, ihn verletzt zu haben? Wenn du sagst, er sei ein Geizhals, bedeutet das nicht, dass er es tatsächlich ist? Wenn du sagst, er sei ein Geizhals, dann kann er diese alberne Mütze nicht mehr tragen, dann war schon seine Geburt ein Fehler, Geizhals, Geizhals, du hasst ihn, nicht wahr, nur weil er ein Teil von dir ist?

6

Radioliebeslied

Ist es für Reue heute zu spät?
Deine Lippen in meine Seele geprägt
Deine Hand hält mein Verlangen
Doch es will entfliegen

Glaube nicht, dass es unfair ist
Ich suche stets neue Reize
Du glaubst, du könntest mich ewig halten
Aber das ist längst vorbei

Eines Tages wirst du ersetzt
Eines Tages lässt man dich fallen

Deine Reue kommt zu spät
Dein Name wird für immer ausgelöscht
Ich kann meine Erregung nicht überspielen
Du bist nicht mehr das Problem

Eines Tages wirst du ersetzt
Eines Tages lässt man dich fallen

Gruppe Mondfinsternis, *»Ersatz«*

7

Katze

Red hat mich drei Jahre hintereinander immer am Vorabend des Valentinstags angerufen. Unsere Beziehung hat mit dem Wort *Geliebte* nichts zu tun, da sind wir uns einig. Deshalb fragte ich mich, was sie nun schon wieder vorhatte. Sie ist sehr sensibel im Bett, jede Pore, ja, ihr ganzer Körper öffnet sich mir, und wenn wir fertig sind, geht sie sofort. Immer verfügbar – eigentlich der ideale Sexpartner. Sie selbst hat sich diese Rolle ausgesucht, und ich bin natürlich begeistert darauf eingegangen. Wir haben gemeinsame Freunde, und eines Tages wollte sie es nicht mehr verheimlichen und griff am Esstisch vor aller Augen plötzlich zu Schlaftabletten, wortlos sah sie mich an und schluckte sie hinunter. Sie gestikulierte in meine Richtung. Was sollte das? Sie war eine dumme, hysterische Frau. Ich wollte gar nicht wissen, ob sie sich in mich verliebt hatte, das war für mich ohne Bedeutung. Mich konnte ganz plötzlich das Verlangen nach ihr packen, das ich dann nicht zu unterdrücken vermochte, und sie verweigerte sich nie. Von einem Mal Schlaftabletten wird man nicht süchtig, sie nahm sie in jener Woche zweimal, danach normalisierte sich alles wieder. Sie sagte, ich sei wie eine Katze, und nannte mich auch so, von mir aus konnte sie mich nennen, wie sie wollte, solange sie keine Schlaftabletten mehr nahm. Sonst würde ich Schuldgefühle bekommen. Ich hasse Leute, die mir Schuldgefühle machen, und tatsächlich hasse ich auch sie manchmal. Als unser Verhältnis ins dritte Jahr ging, begann sie, sich zu verweigern. Jetzt telefonieren wir mitten in der Nacht, und gerade habe ich ihr gesagt, sie solle nicht zu viel über Sex nachdenken, Sex sei eben einfach Sex. Aber diese maßlose Frau erwiderte, Sex sei eben nicht bloß Sex.

»Was ist es denn dann?«, fragte ich. »Weiß ich auch nicht«, sagte sie. Wahrscheinlich hat sie schon wieder irgendetwas aus der Bahn geworfen. Sie sehnt sich nach Liebe, aber ihre Urteilskraft ist schlecht, sie ist schon oft von Männern betrogen worden. Wo sie ist, herrschen Krieg und absolutes Chaos. Wie soll ich einer solchen Frau Liebe geben? Meiner Meinung nach ist jemand, der sich selbst nicht genug liebt, auch nicht wert, von anderen geliebt zu werden. Nach dem Telefonat mit ihr ging ich im Zimmer auf und ab, sah zum Fenster hinaus auf den Bund – Shanghais traditionelle Flaniermeile am Wasser –, dachte an diese völlig bescheuerte Frau, dachte an die Selbstgefälligkeit und Arroganz in dieser Stadt, in der man so versessen auf den Valentinstag ist.

8

Weizen

Red ist die Einzige in dieser Stadt, die mich um Mitternacht anruft. Heute sprach sie mich auf Katze an und auf den Valentinstag. Ich habe mich nie um den Valentinstag gekümmert – ist es nun gut oder schlecht, dass mir mit dreißig Jahren plötzlich bewusst wird, was ich von Männern erwarte? Heute Nachmittag war ich mit einem Mann in meiner Wohnung verabredet, und als er kam, sagte ich sofort: »Ich habe einen dringenden Termin«, und ging fort. Der glaubt jetzt sicher, dass mit mir etwas nicht stimmt. Ich habe Männern noch nie positive Gefühle entgegengebracht und sie mir auch nicht, aber lesbisch bin ich nicht, und so hege ich insgesamt immer weniger Sympathie für die Menschheit. Ich hasse mich. Heute sagte ich zu Red: »Wir scheinen vollkommen leer zu sein, ohne jede Perspektive, was sollen wir tun?«

In dieser Stadt gibt es zwei Sorten von Menschen: Die einen rühmen sich tagein tagaus, Künstler zu sein, die anderen wollen ums Verrecken nicht zugeben, dass sie Künstler sind, denken aber den ganzen Tag über nichts anderes als Kunst nach. Beide Sorten sind abstoßend, und ich gehöre zur letzteren. Katze und ich sind so etwas wie Kollegen. Der Unterschied zwischen uns ist, dass er sich vor allem damit befasst, Kontakte zu knüpfen, während ich hauptsächlich damit beschäftigt bin, mit mir selbst klarzukommen. Katze spricht nicht viel, meist denkt er schweigend über etwas nach, wieder und wieder ringt er um tiefes Verständnis einer Person, und erst wenn er zu einem endgültigen Schluss gekommen ist, lässt er los. Er lässt sich nie auf eine Frau aus seinen Kreisen ein und glaubt, dass niemand sein Privatleben je recht verstehen wird. Ja, er geht davon aus, dass Red sein Erscheinungsbild in der Öffentlichkeit beeinflussen kann, aber in diesem Punkt irrt er sich.

Katze ist einer von diesen aus der Bahn geratenen Menschen. Seine große Liebe wurde durch einen einzigen Satz einer Frau zerstört, einen Satz, der ungefähr so lautete: »Wenn du es auf die Titelseite des ›Wochenmagazins‹ geschafft hast, kann ich dir meine Tochter zur Frau geben.« Seitdem hat Katze sich verändert. Er wird oft als Utilitarist beschimpft, aber ich denke, Utilitarismus ist eine Eigenschaft, die in der heutigen Zeit enorm wichtig ist. Aber ich weiß auch, dass die westlichen Medien ihn eines Tages vernichten werden.

Heute hat Red im Scherz zu mir gesagt, ich müsse unbedingt mit Katze schlafen. »Wer weiß, vielleicht erfährt dein Körper dadurch eine Befreiung. Tu's doch, versuch es einfach.«

Ich fand diese Hypothese einfach idiotisch. Wenn ich Katze das vorschlüge, würde er glauben, dass ich ein Aktionskunstwerk inszenieren wolle. Da Katze den ganzen Tag damit

zubringt, sich bei Medien einzuschleimen, ist er fast ein Teil von ihnen geworden, und wenn ich mit ihm schliefe, hätte ich es mit den Medien getan, und was sollte das wohl bringen – da ist Katze besonders empfindlich.

9

Ein Flugzeug landet vor meiner Tür

Saining kam, das Gesicht schwarz, am ganzen Körper zitternd, und als ich pausenlos schimpfte und fluchte, bekam er Nasenbluten. Seine Augen waren schon immer verwirrend naiv gewesen. Ich weiß, dass der Valentinstag nicht für mich erfunden wurde, aber mir gehen dennoch wirre Gedanken durch den Kopf. Zum Beispiel, dass ein Flugzeug vor meiner Haustür landen, ein Mann aussteigen und vorschlagen könnte, mein Partner, mein Geliebter zu werden. Ich wäre nicht im Traum darauf gekommen, dass ausgerechnet Saining auftauchen würde. Ich gehöre zu den Frauen, die von Männern wie Spielbälle hin und her geworfen werden, und hatte gerade beschlossen, das nicht mehr mitzumachen. Männer behandelten mich wie Hundedreck, das konnte ich nicht länger akzeptieren. Doch dann kam eines Morgens Saining, es goss gerade wie aus Eimern, und als ich wie im Traum die Tür öffnete, musste ich an die Zeit zwischen neunzehn und vierundzwanzig denken, an unzählige verregnete Morgen, an denen ich völlig ohnmächtig meine private Kitschoper inszenierte und dabei bitterlich weinte. »Komm zurück, mein kleiner Saining, wann kehrst du nach Hause zurück, ein Morgen wird es vielleicht nicht mehr geben, komm zurück, komm zu mir zurück.« Jetzt, am Morgen des Valentinstags 1998, kehrte Saining mit Blumen, die er in meinem Hof gepflückt hatte, zu

mir zurück. »Komm rein, komm rein«, sagte ich, »du stehst da wie ein Geist. Wenn du schlechte Nachrichten hast, erzähl sie mir nicht. Wenn du in Schwierigkeiten bist, bitte mich nicht um Hilfe. Ich liege jede Nacht wach, neuerdings huste ich, und gestern wollte ich aus dem Fenster springen. Ich habe nicht mehr die Kraft, deinen Schmerz mit dir zu teilen.«

»Schick mich nicht fort«, sagte er. »Ich möchte bei dir sein, ich habe es mir überlegt, ich habe dich vermisst.«

»Du hast es dir überlegt?«, fragte ich. »Du Dreckskerl, ich bin nicht deine Mutter!«

»Meine Mutter ist tot«, sagte Saining.

Dann begann er zu weinen, und die Tränen auf seinem Gesicht mischten sich mit dem Regen. Dann weinte auch ich.

Seine Mutter sei in Japan an einer schweren Krankheit gestorben. Er habe dort noch einmal mit Kokain angefangen, inzwischen aber wieder aufgehört, er wolle mit mir zusammen sein. Saining ist ein Mensch, der bei jeder Gelegenheit Drogen nimmt. Davon abgesehen geht er gern spazieren, macht ausgedehnte Touren, sieht sich um und denkt nach. Er genügt sich selbst, das war schon immer so. Manchmal vermisst er mich und braucht mich. Nach so vielen Jahren besteht seine Liebe tatsächlich aus einem schlichten ›Immer-wieder-Zurückkommen‹.

Ich wollte diesen Pechvogel mit einem Fußtritt vor die Tür befördern. Der Morgen mit seiner Kälte spielte mit uns, die wir in einer Sackgasse steckten. Er bekam Nasenbluten, und das machte mich noch hilfloser, als ich sowieso schon war.

»Leg dich hin«, sagte ich. »Wir ruhen uns erst mal aus.«

Wind blies von irgendwo her, das Geräusch des Regens erzeugte eine ungeheure Leere in uns, so, dass selbst unser Schicksal sich darin aufzulösen schien. Die dünne Decke lag über Sainings Unterleib – er war sehr mager geworden. In meinem zweiten Zimmer waren Freunde einquartiert, daher

musste ich mit Saining in einem Bett schlafen, denn ein Sofa gab es nicht.

»Wie bist du vom Flughafen hergekommen?«
    »Erst Taxi, dann U-Bahn, dann wieder Taxi.«
    »Gefällt dir die Shanghaier U-Bahn?«
    »Alle U-Bahnen sind gleich. Nur ist die Shanghaier etwas neuer. In der U-Bahn ist jeder er selbst. Es waren viele Leute vom Land in der U-Bahn, die mich angestarrt haben, die Lippen spröde und aufgerissen von der trockenen Luft.«
    »Sie suchen in Shanghai Arbeit, und Lippenbalsam haben sie nicht.«
    Es hatte aufgehört zu regnen, die Vögel sangen.
    Mein Vater ist eine absolute Niete, was Immobilien angeht, ich wohne bis zum heutigen Tag ganz allein in diesem Haus, aber es gefällt mir, weil es so verflucht weit zum Stadtzentrum ist.

Die Blutung war gestillt, aber Saining fingerte immer noch an seiner Nase herum. Ich konnte nicht einschlafen. An vielen klaren Morgen hatte ich wachgelegen, während Saining verschwunden war. Das letzte Mal lag etwas über ein Jahr zurück, danach hatte ich beinah geheiratet. Ich hatte den Schlüssel zu seinem kleinen Zimmer stets verwahrt, aber er hatte nicht einmal angerufen. Ich respektiere seine Angewohnheit, allein in der Welt herumzustromern, aber ich kann nicht sagen, dass es mich nicht verletzt hätte. Ich wünschte, ich könnte auch öfter einfach mal verschwinden, aber bei mir geht das nicht. Sainings Mutter hat ihm immer Geld gegeben, und er hat einen britischen Pass, er kann gehen, wohin er will.

10

San Mao

Red ruft mich immer gleich an, wenn es etwas Neues von Saining gibt, egal wo ich gerade bin. Sie und Saining lieben das Telefonieren, sie bekommen regelrecht Fransen am Mund davon. Als Red heute anrief, war ich gerade dabei, den Hund zu baden, der früher ihr und Saining gehört hatte. Ich finde, der Hund ist so eine Art Kamera, die alles festgehalten hat, was zwischen Saining und Red war, wie auch die Liebesgeschichte zwischen meiner Frau und mir. Jetzt ist meine Frau abgehauen, weil ich es nicht gebracht habe und nur ein paarmal im Jahr Sex mit ihr hatte. Ich liebe sie, habe aber keine Lust auf Sex. Ja, der Gedanke daran macht mich einfach nicht an, und ich will auch gar nicht groß über die Gründe nachdenken, weil ich nicht glaube, dass das etwas bringt. Und weil ich nicht darüber nachdenken und mir eine Lösung einfallen lassen wollte, hat meine Frau mich am Ende fallen lassen.

Ich werde immer dicker, Red macht sich lustig und sagt, als Sex-Symbol kannst du jetzt keine Karriere mehr machen, jetzt musst du lernen, wie man spielt.

Dem Himmel sei Dank, dass wir noch leben. Dem Himmel sei Dank, dass ich immer noch als Musiker im Nachtklub arbeiten kann, um meine Familie zu ernähren. Dem Himmel sei Dank, dass wir in der Musik keine so große Sache mehr sehen. Das habe ich heute zu Saining gesagt.

Saining hat mir erzählt, dass er diese Frau immer noch liebe. Dann sagte er noch, er habe das Gefühl, endlich die Richtige gefunden zu haben. Das fand ich abartig.

Vor vielen Jahren verfolgten Saining und ich voller Engagement das Ziel, eine Musikgruppe zu gründen, während Red nichts zu tun hatte und nur für die Liebe lebte. Jetzt ist sie

72

Schriftstellerin, und was sie schreibt, hat einen Trend gesetzt – improvisiert und zeitgemäß. Die Schriftstellerin Red und ihre Imitatoren verbreiteten sich so schnell wie ein Hundefurz, und wenn ich die illegalen Buchhändler auf ihren Matten am Straßenrand die Raubdrucke ihrer Bücher verkaufen sehe, daneben billige elektronische Uhren, dann wird mir klar, wie trügerisch Ruhm doch ist! Da wird einfach die schmerzvollste Stelle aus dem Werk der Schriftstellerin Red stellvertretend für das Gesamtwerk genommen, und auf welchen Haufen Hundescheiße du es auch klebst, es wird Ruhm und Reichtum ernten, und die Zeitung wird davon als »Zeichen der im Wandel begriffenen Kultur der Jugend« sprechen.

Red sagt: »Einen Dreck werde ich mich dazu äußern, das kotzt mich alles an!« Ich kann von Glück sagen, dass ich zu nichts etwas sagen muss. Das Fenster steht offen, und wir sehen aufs Meer hinaus. Heutzutage passiert nicht viel Neues, es herrschen große Verwirrung und Chaos, der Mensch ist ein Trugbild!

Eines Abends im Jahre 1994 wollte ich Red besuchen, doch so lange ich auch anklopfte, sie kam nicht an die Tür. Da ich aber das Gefühl hatte, dass sie zu Hause war, öffnete ich die Tür mit Hilfe meines Personalausweises. Red war von einer Überdosis Drogen ohnmächtig geworden, ihr Körper ganz und gar mit Speichel bedeckt, und ihr asthmatisches Atmen, das fast wie das Meckern einer Ziege klang, erfüllte den Raum. Da sie nicht sprechen konnte, bedeutete sie mir durch Handzeichen, dass sie sich nicht bewegen dürfe, weil ihr Asthma sie sonst umbringen könnte. Ebenfalls mit den Händen sagte sie: »Saining ist fort, auf Nimmerwiedersehen, was soll ich bloß tun? Ich will nicht sterben, ich will Saining sehen!«

Bis der Rettungswagen kam, unterhielten wir uns durch Handzeichen, auch ich, obwohl ich hätte sprechen können.

Ich bin zwar klein, aber trotzdem ein richtiger Mann und weine fast nie – aber an diesem Tag heulte ich wie ein Kind. Ich sagte ihr, dass ich noch sechzig Kuai hätte. »Mir geht es schlecht, und ich vermisse Saining genauso wie du. Am liebsten möchte ich bis morgen früh quatschen und dann Tee trinken. Wir haben ewig nicht zusammen Tee getrunken – aber mir wird jetzt erst klar, wie du hier dahinvegetierst, morgen bringe ich dich nach Shanghai zurück.«

Ich erinnere mich, wie Red sich abmühte, mir mit ihren blutleeren Lippen zu bedeuten, ich solle nicht weinen, alles werde vorübergehen und eine neue Welt entstehen. Dann wären unser Schmerz und unsere Dummheit begraben.

Jede einzelne Geste von Red hat sich mir unauslöschlich ins Gedächtnis gebrannt. Sie schnaufte asthmatisch und gestikulierte Richtung Wand, unter großen Schmerzen, aber ohne jede Angst.

Ich hatte immer das Gefühl, dass dieser Abend ein Wendepunkt in Reds Leben war. Sie sollte alles, was mit dieser Zeit und diesem Ort zusammenhing, zu einer einfachen, klaren Kurzgeschichte verarbeiten. Wenn sie nur die Kraft dazu aufbrächte, dann bräuchte sie ihre Verwandlung in eine Schriftstellerin nicht mehr zu fürchten.

Darum sagte ich zu ihr: »Schreib weiter! Aber bleib bei der Schreiberei ganz nah bei dir und lerne von dir.«

11

Saining

Ich bin ein junger Mensch, so hilflos wie ein Kind, rechtschaffen, aber glücklos. Meine Mama sagt, ein Mensch könne nur eine Sache im Leben zu einem guten Ende bringen. Und auch

wenn sie vielleicht etwas durch den Wind ist, gebe ich ihr in diesem Punkt Recht. Mein Leben begann mit einem zerbrochenen Stück Glas, das meine Mutter Scherbe für Scherbe wieder zusammenklebte. Ich setze diese Arbeit jetzt fort, ich denke, dass ich für den Rest meines Lebens weiter daran arbeiten werde, denn das ist meine Liebe: ein Zimmer voller Glasscherben.

Mit ihrer neuen Frisur sieht Red erst recht wie eine trauernde Vogelscheuche aus, und ich bin eine ängstliche kleine Taube, der es schwer fällt, durchs Fenster zu ihr hineinzufliegen. Nun liegt sie an meiner Seite, eine dünne Decke über dem Unterleib, sie hat stark abgenommen. So viele Jahre ich sie kenne, so viele Frauen ich hatte – jedes Mal war es doch nur sie –, jedes Jahr war anders mit ihr. Auch wenn ich lange nichts von ihr hörte, wusste ich, dass wir zusammen waren, ich lernte sie jedes Jahr neu kennen.

Bei ihr finde ich tatsächlich alles, was ich brauche, und will mich doch immer wieder von ihr trennen. Meine Welt ist eine Uhr mit einer Spiralfeder. Ich weiß nicht, wer die Feder eingesetzt hat, vielleicht war es das, was man Schicksal nennt. Die Zeiger der Uhr weisen mal auf Red, mal irgendwo anders hin. Ich bin ein sehr feiger Mensch und muss mich von Zeit zu Zeit von allen vertrauten Menschen zurückziehen, um allein an einen Ort zu gehen, den ich nicht kenne, bevor ich wieder zurückkehre. Dadurch habe ich immer das Gefühl, dass das Leben aufregend ist und nur darauf wartet, entdeckt zu werden. Es ist wie ein völliges Abtauchen, und es scheint, als könne man so auf alles eine Antwort finden. Bei jedem Fortgehen fühle ich mich besonders wahrhaftig, bei jeder Rückkehr so, als hätte ich etwas verloren.

Jetzt erschreckt mich ihr erschöpfter und kühler Blick, sodass ich mich nicht traue, sie zu umarmen. Ich weiß nicht, wo wir gerade miteinander stehen, und das beunruhigt mich.

Ich kann nicht akzeptieren, dass sie nicht mehr mit mir schlafen will. Wie auch immer, ich denke, das ist inakzeptabel. »In Wirklichkeit hast du doch auch kein Interesse mehr an mir«, sagt sie, »du solltest es wie früher öfter mit anderen Frauen machen, dann findest du mich auch wieder interessant.«

Aber ich schaffe das nicht, für die Liebe muss man *alles* Gefühl geben. Und meine Gefühle konzentrieren sich nun einmal auf sie. Unser Dasein ist sinnlos, wir führen ein vergebliches Leben. Ja, der einzige Sinn liegt darin, hin und wieder ein Gefühl zu erfahren. Darum bin ich den Drogen verfallen, und deshalb liebe ich Red, denn sie ist kompliziert und ändert sich laufend – sie kann immer Gefühle in mir wecken.

Und dann, plötzlich, sagt sie, sie wisse nicht, was Liebe sei, sie habe es einst gewusst, doch jetzt wisse sie es nicht mehr.

Wie kann sie nicht wissen, was Liebe ist? Sie ist zu bedauern, denke ich.

Tatsächlich spüre ich bei ihrem Anblick heute körperlich überhaupt nichts mehr, das macht mich völlig fertig. Früher konnten wir es viele Male in einer Nacht machen, und jetzt? Ihren Körper zu sehen ist, als sähe ich ein Paar gewöhnlicher Hände. Meine Mutter sagt, man könne nicht beliebig oft im Leben Liebe machen, irgendwann sei einfach Ende, alles aufgebraucht. Angenommen, sie hat Recht, so kann ich trotzdem nicht glauben, dass ich schon am Ende angelangt sein soll.

Aber wann wird es wieder beginnen? Gerade bin ich dabei, sie zu verlieren, sie ist bei mir, aber sie entgleitet mir.

12

Freundinnen

Bei mir wohnen gerade zwei Freundinnen, ein Liebespärchen.
Ich habe ihnen einmal vorgeschlagen, ein Lesbentreffen zu
besuchen. Sie waren zweimal dort und dann nie wieder. Sie
glauben nicht, dass sie Lesben sind. Bei dem Treffen hat man
ihnen etwas Merkwürdiges erzählt: Lesben seien aus einem
Gefühl der Leere zusammen, anders als Schwule, bei denen es
Ausdruck höchsten Schmerzes sei.

A ist nicht Mann und nicht Frau, klarer Blick, großer Mund,
klein, gebeugter Rücken, X-Beine. Wenn sie wütend ist,
schlägt sie sich pausenlos gegen die Brust, dort empfinde sie
keinen Schmerz, sagt sie. Das sexuelle Verlangen von A wird
nur durch Frauen stimuliert, sie hat eine überschäumende
Libido. Sie träumt davon, eine Geschlechtsumwandlung vor-
nehmen zu lassen, sie möchte durch und durch Mann sein,
weil das Leben dann leichter sei, glaubt sie. A kommt aus
einem Dorf in der Provinz Henan, sie hat Pipa und klassisches
Klavier studiert. Es war auf die Dauer unerträglich für sie, von
den Dorfbewohnern geschnitten zu werden, darum ging sie
in eine große, weltoffene Stadt. B ist Tänzerin, einen halben
Kopf größer als A, braune Haut, breite Schultern, flache Brust,
schmale Taille, dicker Hintern. B war Klavierschülerin von A
und heimlich in sie verliebt, seit sie vierzehn war. B liebte As
musische Begabung und ihren Hang zur Melancholie. Sie
haben sich zufällig im vergangenen Jahr in einer Stadt im
Süden wiedergetroffen. A hungerte und hatte alle Hoffnung
verloren. Sie hatte in einer Fabrik für Haarreifen gearbeitet,
war Hilfskraft in einem kleinen Friseursalon, wo sie den Kunden die Haare wusch, und Aushilfskellnerin in einem Restaurant gewesen.

B hielt sich für hetero, hatte mit Männern geschlafen und wusste, wie das geht, für sie war A keine Frau – aber auch kein Mann. Es konnte kein Mann sein, der sie liebte und achtmal am Tag zum Orgasmus bringen konnte.

Da hatte Little Beetle plötzlich die verrückte Idee, ein Duo aus Gitarre und Pipa zu bilden. San Mao stellte uns A vor. Als sie *Zehnfacher Hinterhalt* spielte, war ich überrascht von der Kraft und Beweglichkeit ihrer Finger. Wir ließen A im Krankenhaus von Kopf bis Fuß durchchecken und erfuhren, dass sie unterhalb der achten Rippe eine dunkle Stelle hat. Man konnte auch ihre Gebärmutter sehen, die sehr klein ist, und wir erkundigten uns nach den Kosten für eine Geschlechtsumwandlung. Jetzt ist A in Shanghai private Klavierlehrerin für Kinder, während B in Nachtklubs als Tänzerin für Schlagersternchen arbeitet. Es ist Bs Traum, A nach der Geschlechtsumwandlung ihren Eltern vorzustellen, sie zu heiraten und ein glückliches Leben zu zweit zu führen, bis dass der Tod sie scheidet.

Ich habe mir sagen lassen, dass A und B einander beim Einschlafen immer in die Augen sehen. So schwer ihr Leben auch sein mag, ihre Liebe hat das nie gemindert. Dieses Paar, das wie Pech und Schwefel zusammenhält, läuft ständig vor meiner Nase herum. Und da meine Wohnung sehr hellhörig ist, entsteht für mich der Eindruck, dass sie ständig Sex haben.

Heute lag ich mit Saining den ganzen Tag im Bett, wir wurden erst in der Dämmerung von Bs Weinen hochgeschreckt, und dann stritten die beiden sich. Wir hörten A brüllen: »Welche Frau soll mich denn noch wollen, so wie ich aussehe? Was soll das mit deiner ewigen Eifersucht?« B schrie zurück: »Du weißt genau, wie sehr ich auf dich stehe, was sollen diese blöden Sprüche?« Dann herrschte Stille, und kurz darauf hörten wir sie wieder Liebe machen.

Ich habe keine Ahnung, was mit ihnen los ist, es sind zwei Frauen, die miteinander schlafen, wieso bestehen sie darauf,

dass sie keine Lesben sind? Wie auch immer, ob homo- oder heterosexuell, Hauptsache, die Liebe stimmt. Und ich? Wie lang liegt meine letzte wirkliche Liebe zurück? Das sind auch schon ein paar Jahre, denke ich.

Saining hatte bislang mit geschlossenen Augen vor sich hin gedacht, doch nun setzte er sich auf und fragte: »Werden Frauen nie müde, wenn sie miteinander schlafen?«

A und B haben zwar ein anstrengendes Leben, denke ich, aber sie sind glücklich, denn sie lieben sich sehr. Sie arbeiten für die Geschlechtsumwandlung, sie arbeiten gemeinsam und werden gemeinsam die Früchte dieser Arbeit ernten.

Saining und ich zündeten uns jeder eine Zigarette an, rauchten und starrten auf die Schlafzimmertür. Saining brach plötzlich das betretene Schweigen und sagte: »Wieso hast du hier nur Tanzmusik? Wo sind all unsere Platten geblieben?«

Meine Miene verfinsterte sich, ich schwieg.

13

Geschenke

Meine beiden Nachbarinnen kamen gleichzeitig zum Höhepunkt und begannen anschließend zu singen. Dann war es wieder still. Ich wurde unruhig, sah im Geiste die beiden Seite an Seite daliegen, Saining war genauso aufgeregt. Es war bereits dunkel. Wie tröstlich, am Valentinstag, dem Tag der Liebenden, in der Nähe eines Liebespaars zu sein! Aber mir war das etwas peinlich, vielleicht genügte es den beiden ja, am Valentinstag zusammen im Bett zu liegen, aber Saining und ich machten uns hier nur lächerlich.

»Ziehen wir uns an«, sagte ich. »Und lass uns nochmal rausgehen.«

»Ja«, stimmte Saining zu. »Das nächste Mal hauen wir ab, bevor sie anfangen.«

Beim Abendessen überreichte Saining mir drei Rosen und einen roten Ring aus Plastik, der wie ein Fruchtbonbon aussah.

»Wieso drei Rosen?«

»Das bedeutet ›Ich liebe dich‹.«

»Bist du sicher, dass du mir das damit sagen willst? Ich habe einen ganzen Berg von Ringen, die du mir geschenkt hast. Wir waren früher so gefühlsbetont. Ich glaube ja, dass du mich liebst, aber du lässt es mich nicht spüren, du bist dazu nicht fähig.«

»Nach dem Tod meiner Mutter habe ich eines begriffen«, sagte er. »Ich habe immer noch dich! Du solltest wissen, dass ich genauso bezahlt habe wie du, ich habe dich verändert, aber du hast mich auch verändert. Meinen größten Schmerz und mein größtes Glück habe ich durch dich erfahren, ich kann ohne dich nicht leben. Liebst du mich wirklich nicht mehr? Das glaube ich nicht. Ich werde dich immer lieben.«

Dieses »Ich werde dich immer lieben« kam sehr leise. »Saining, du hast gerade deine Mutter verloren, darum bist du sehr schwach und brauchst mich. Lüg nicht! Natürlich bin ich immer für dich da gewesen, ich gehöre zu dir. Selbst wenn du nicht da bist, sind wir doch unsichtbar miteinander verbunden. Mein Leben und Schreiben bewegen sich in einem merkwürdigen Teufelskreis, meine negative Weltanschauung habe ich dir zu verdanken. Also sprich um Himmels willen nicht von Liebe, hörst du? Weißt du überhaupt, was Liebe ist? Ich verstehe nichts davon. Hast du mal daran gedacht, dass Liebe für uns beide reiner Luxus geworden ist? Wir haben keine Kraft mehr, uns mit wem auch immer in Gefühlsdinge zu ver-

80

stricken. Weiß der Himmel, wie das kommt. Wir sind fertig.
Will das nicht in deinen Kopf?«

»Ich habe noch ein Geschenk für dich, ein Lied, es heißt
Alle braven Kinder bekommen Bonbons.«

»Wir sind keine braven Kinder, und ich habe keine Bonbons mehr.«

»Wir sind brave Kinder, unsere Geschichten sind unsere
Bonbons.«

Ich wurde ungeduldig, winkte ab und sagte grob: »Lass
uns essen! Der Valentinstag bringt uns nur in Verlegenheit.«

Er starrte mich an. Seine schwarzen Augen und die dunklen Augenränder haben mir immer schon seine abgedrehten
Botschaften übermittelt: »Du bist so sexy, wenn du wütend
bist«, sagte er.

»Scheiß auf dieses ›sexy‹«, sagte ich. »Wir sind Abschaum,
Müll und haben keine Ahnung von Sexappeal.«

Ich sah ihn an, als ich das sagte, er trug einen schwarzen
Pulli, er hat mehrere identische schwarze Pullis, und er hat
auch mehrere identische Mäntel, Hosen und T-Shirts. Kleidung sei das Langweiligste überhaupt, hat er einmal gesagt,
sie bedeute rein gar nichts.

14

»Wir sprechen über Gefühle!«

Wir gingen zur Valentinsparty ins »Tribes«. Es kamen viele
Freunde, lauter gebrochene Herzen und gebrochene Menschen. Ein paar von unseren Freunden, die auch in Bands
spielten, waren da, und das ist eher ungewöhnlich.

In Shanghai gibt es weniger Livebands als in Peking, dafür
gibt es in Peking mehr *Dancefloor-Partys*. Natürlich sind die

Shanghaier *Partys* voll von Ausländern oder voll von Shanghaier Mädchen, die einen Ausländer abschleppen wollen, und alle benehmen sich total abgedreht.

Saining wollte auf die Bühne und Gitarre spielen. »Es sind genug Gitarristen da«, sagte ich, er solle lieber ans Schlagzeug gehen, dann kämen alle auf ihre Kosten.

Mit gesenktem Kopf saß Saining dort, sodass die Spitzen seiner langen Haare seine Knie berührten. Das Schlagzeug in dieser Bar ist noch nie so kraftvoll gespielt worden, und ich wurde so erregt wie lange nicht.

Als sich ein mir unbekannter, großer Mann zu Saining stellte und ihm etwas ins Ohr sagte, veränderte sich sein Gesichtsausdruck, und er entschuldigte sich mehrfach. Ich drängte mich durch die Menge und begegnete plötzlich Sainings unglaublich zärtlichem Blick, der mich sofort an frühere Zeiten erinnerte, es war sehr schmerzhaft.

»Was ist los? Was hat er zu dir gesagt?«

»Er hat gefragt, was ich hier tue und wer ich überhaupt sei. Er meint, er sei auch Schlagzeuger und was hier zähle, sei Gefühl und nicht Technik. Und was ich da machen würde, habe mit Gefühl nichts zu tun.«

»Wie bitte? Was soll das heißen?«

»Ich gehe besser heim.«

»Wieso denn? Du bist gut, du warst noch nie so gut wie jetzt, alle lieben dich.«

»Vergiss es, vielleicht hat er ja Recht.«

»Womit denn? Er ist ein Niemand. Was ist denn auf einmal los mit dir? Wieso entschuldigst du dich überhaupt bei ihm? Little Beetle will doch auch noch Gitarre mit dir spielen.«

»Ich bin alt.«

Mit so einem Satz aus Sainings Mund hatte ich nun wirklich nicht gerechnet.

Er ging, und ich hielt ihn nicht zurück.

Als er fort war, drängte ich mich zu diesem Mann durch und fragte, wie er dazu käme, so etwas zu sagen. »Du hast jetzt die Wahl«, sagte ich, »entweder du entschuldigst dich, oder du gehst auf die Bühne und spielst mir auf dem Schlagzeug etwas vor, damit ich sehen kann, wie du Gefühle ausdrückst.«

Zu meiner Überraschung entschuldigte der Typ sich auf der Stelle, und er meinte es ganz aufrichtig. »Ich habe nur Spaß gemacht«, sagte er. »Ich wollte wirklich nicht, dass daraus eine so große Sache wird. Bitte sag ihm, dass es mir Leid tut.«

Damit hatte er mir den Wind aus den Segeln genommen, und ich holte mir etwas zu trinken. Verflucht, seit wann kommen Shanghaier Studentinnen auch in diese normale kleine Bar, um mit Ausländern zu flirten? Nicht zum Aushalten ist das!

Ich bat einen Spanier und einen Ungarn, mir gleichzeitig in ihrer Muttersprache etwas ins Ohr zu sagen. »Egal was«, sagte ich, »sprecht einfach.« Sie redeten mit ernster Miene drauflos. Dabei streckten sie ihre Köpfe elegant vor, der eine links, der andere rechts von mir.

15

Unsere Körper heben ab

Als Red die Kneipe verließ, hatte sie zu viel getrunken, und sobald sie zu viel getrunken hat, wird sie weich, ihr Ausdruck naiv, der Blick unstet und schlaff, und sie hält poetische Reden. Sie erspähte mich schon von weitem, ich sah die Zigarette in ihrer Hand. »Wie kurz das Leben doch ist«, sagte sie. Vielleicht kommen nur Selbstmordkandidaten zu dieser

Erkenntnis. »Ich will mich nicht umbringen, das wäre zu uncool.«

Als ich vor vier Jahren abgehauen bin, ist sie in tiefe Depressionen gefallen. Und was ich auch tue, ich kann sie nicht wieder aufmuntern – wenn sie aber traurig ist, wie soll ich dann fröhlich sein? Als ich sie das erste Mal traf, war sie noch Jungfrau, sie strotzte vor Lebenskraft. Heute, am Valentinstag, wollte ich ihr eine Freude machen, doch sie ist bedrückt wie immer und macht mich nur an. Ich wäre besser dran gewesen, wenn ich ihr einfach eine Sonnenbrille gekauft hätte! Es wäre so leicht gewesen, eine billige Sonnenbrille mit riesigen Gläsern, und schon ist sie für mehrere Tage aus dem Häuschen!

Sie kam zu mir und sagte: »Ich wusste, dass du draußen auf mich warten würdest, das machst du ja immer. Mich rührst du damit nicht mehr.« Als sie mich kennen gelernt habe, sagte sie, hätte ich mich nach einer Bar mit Bühne gesehnt, auf der ich mich nach Herzenslust hätte austoben können, bis ich alle Lieder gesungen hätte und man mich rausschmeißen würde. »Ein früher Tod hinterlässt eine schöne Leiche«, das sei mein Lebensmotto gewesen. Sie habe mich gefragt, wo so eine Bar sein könnte, doch ich hätte es nicht gewusst. »Aber ich werde den Ort finden.« Volle Lippen, große Augen, langes Haar, ein Schokolade essender Gitarrist – sie sei verrückt nach mir gewesen! »Weißt du, warum du so schöne Augen hast? Weil du einsam bist, du sprichst mit den Augen. Wie kann man dir diese Einsamkeit nehmen? Du magst doch Kneipen wie diese, oder etwa nicht? In Shanghai gibt es sie jetzt überall. Siehst du das Mädchen da drüben? Die so aussieht wie ein Keks? Sie wohnt in einem feuchten Kellerraum und übt seit neuestem *Joy Division*, immer auf der Suche nach dem Klang, den sie braucht. Und du sitzt hier draußen herum und entschuldigst dich. Wieso wartest du auf mich?«

»Ich liebe dich, vielleicht aber auch nur dein Asthma, denn Asthma ist der verdammt größte Albtraum.«

Ich verstand nicht, wieso sie so empfindlich war. Als ich diesmal zurückkehrte, merkte ich, wie unglaublich unruhig sie war. Ob es daran lag, dass sie kein Sexleben hatte? Oder weil ihr klar geworden war, dass sie Schriftstellerin ist? Oder vielleicht, weil sie früher gesagt hatte, dass sie mit siebenundzwanzig sterben würde? Ich sollte ihr etwas auf der Geige vorspielen, vielleicht täte ihr das gut, wir sollten eine neue Liebe begründen.

»Ich bin herausgekommen, weil das da drin nicht meins war«, sagte ich, »auf dich gewartet habe ich, weil ich den Heimweg nicht kenne, und ich dachte, wir nehmen gemeinsam ein Taxi, das ist billiger.«

Plötzlich bekam ich Nasenbluten, es schien kein Ende zu nehmen, bei der kleinsten Aufregung läuft mir das Blut aus der Nase. Red sah mich angewidert an und sagte: »Ich werde mich nicht mehr um dich kümmern, du bist mir zu egozentrisch. Du hast mich verlassen, um in Ruhe Drogen nehmen zu können, hast mich in dieser furchtbaren Stadt allein zurückgelassen, verbrätst das Erbe deiner Mutter für Drogen – du hast alle und jeden verletzt!«

Ich ertrage es nicht, von diesem lieblichen Gesicht so behandelt zu werden. Ich dachte, dass ich sie bereits verloren hätte. Ich nahm sie in den Arm, sie wiegt fast nichts, ihr Blick hing im Himmel, die katzengleichen Augen reglos. Sie streifte mich nicht mehr mit Blicken aus ihren schwarzen Augen, um mir ihre verrückten Botschaften zu vermitteln. Es war, als hätte ich nicht mehr die Kraft, sie zu lieben. Wir würden das Gefühl der Liebe nicht mehr erleben, das musste ich akzeptieren. Unsere Körper, unsere Körper waren längst davongeflogen, wir hatten keine Körper mehr. Unsere Lippen waren so trocken, dass wir nicht mehr küssen konnten. Unser

Verlangen war erloschen, aber das war unwichtig. Wichtig war, dass wir Blutsbrüder waren, Partner, dass wir aus demselben Ort kamen, am Leben waren. Wer sagt, dass das nicht Liebe ist? Ich konnte sie nicht noch einmal verlassen, wollte immer mit ihr zusammen sein. Ja, ich wollte mit ihr zusammen sein. Ich würde ihr auch nicht mehr lästig fallen, würde auf sie hören – wenn ich sie nur jeden Tag sehen könnte und sie mich wieder anlächeln würde. Um einer solch winzigen Hoffnung willen war ich bereit, gemeinsam mit dieser Frau alle Enttäuschungen zu ertragen. In meinem Leben musste es sie geben, anders ging es nicht. Und wenn sie eines Tages heirate, würde ich gemeinsam mit ihr zu diesem Mann ziehen.

All das dachte ich, wagte aber nicht, es auszusprechen. Aber am nächsten Morgen, beim Kaffee, da würde ich es ihr sagen.

16

Der Sternenhimmel heute Nacht

Der Sternenhimmel heute Nacht ist verlockender denn je und so geheimnisvoll, dass man kaum genau hinzusehen wagt. So sollte es nicht sein.

Ich sage mir, das liegt wahrscheinlich daran, dass es bald hell wird und ich schon lange nicht mehr den Sternenhimmel bei Tagesanbruch gesehen habe.

Dann sage ich mir noch, dass ich in letzter Zeit zu viel über den Sternenhimmel und andere schwierige Dinge nachgedacht habe. Es reicht, es gibt darüber nichts mehr zu denken.

17

Apple stirbt

Wenn Sie meinen Freund Apple gekannt haben, dann hören Sie doch mal Chopin; wenn Sie ihn gemocht haben, zünden Sie Ihre Zigarette nie wieder an einer Kerze an; wenn Sie ihn geliebt haben, öffnen Sie beim Duschen die Tür, um frische Luft hereinzulassen.

Was soll's, als er ging, sah er ganz friedlich aus. Was soll's, am liebsten lag er in der Badewanne. Was soll's, wenn er minderwertige Zigaretten rauchte, sagte er oft, egal, wer weiß schon, wann er stirbt.

Er hat gesagt, Leben bedeute Leiden, und wer das begriffen habe, genieße grenzenlose Freiheit.

Er hat gesagt, wenn du vorbehaltlos lieben kannst, wirst du dich ganz entspannen und dir keine Sorgen mehr machen.

Er hat gesagt, Liebe sollte ein unvergleichliches Strahlen sein.

Als er das begriffen hatte, ging er. Was soll's, er ging in seiner geliebten Badewanne, während sein Lover im Nebenzimmer telefonierte. Als er nach zwei Stunden auflegte, war mein Freund Apple längst in einer anderen Welt. Was soll's, er liebte diesen Mann, es genügt, wenn wir das wissen. Er war der Erste, der mich in ein Café mitgenommen hat. Damals kostete eine Tasse Kaffee in Shanghai fünf Kuai, das kleine Café am Straßenrand hieß *Beautiful River*. Shanghai war wie ein Liebhaber. Er hat mich durch unendlich viele Straßen geführt, er bewahre nur deshalb immer einen kühlen Kopf, sagte er, weil die Jahreszeiten in Shanghai so klar seien. »Vor allem der Winter«, sagte er, »wenn ich im Winter durch die Gassen gehe, werde ich jedes Mal ganz unruhig und wünsche

mir nichts mehr als eine gemütliche Badewanne.« Die, die er jetzt hat, sei seine erste. »Das Badezimmer ist zu klein, aber ich habe eine Kinderwanne hineingestellt.« Da das Badezimmer wirklich zu klein war, fehlte es an frischer Luft – er starb nicht, weil es sein Schicksal war, und nicht durch einen Unfall, er starb an seinen Lebensbedingungen. Er starb am düsteren Shanghaier Winter. Was soll's, er war schön, er war immer schon schön gewesen. Er war jemand, der das Leben zu genießen verstand, er konnte stundenlang unterwegs sein, um ein hochwertiges Produkt preiswert zu erstehen, so war er. Er starb in seiner ersten eigenen Badewanne. Was soll's, er hatte schon unzählige Badewannen gehabt – in den Zeitschriften, die er sammelte, im Kopf. So groß ist die Welt, und er war noch nicht einmal in Hongkong gewesen. »Ich möchte nur ins Ausland, um mich dort umzusehen«, sagte er, »nur schauen.« Er hatte auch keinen Computer, aber das machte nichts, er war überall gewesen, hatte alles gesehen, mit Hilfe seiner Phantasie, mit Hilfe all der Botschaften, die er auf jede erdenkliche Art und Weise sammelte, mit Hilfe seiner Augen.

Ich hielt Apple im Arm, sein Körper war voll Wasser, sein Gesichtsausdruck friedlich, und ich fühlte mich plötzlich schuldig, hatte das Gefühl, ihn überhaupt nicht verstanden zu haben. In der Luft hing der Geruch einer Seele, ein süßlicher Duft. Wo geht die Seele am Ende hin? Wir verstehen weder den Tod noch uns selbst. Auch die langjährigsten Freunde oder Geliebten, so nah sie sich auch sein mögen, verstehen einander nicht wirklich. Wir sind dazu bestimmt, einsam und unwissend zu bleiben. Nichts, was wir jemals getan haben, kann unsere Sehnsucht stillen.

Apple hat einmal gesagt: »Lass uns nach Thailand fahren, in einen Tempel, und an der Leiche eines Achtzehnjährigen wachen, um seine Schönheit zu bewahren, seine Jugend, seine

Fäulnis, bis nichts mehr übrig ist.« Er sagte, es sei eine Zeremonie aus der buddhistischen Tradition, den Leichnam eines jungen Mannes nach und nach verrotten zu sehen, bis er nicht mehr da sei.

Apple hat gesagt, das Leben sei wie eine Brücke, die Vergangenes und Zukünftiges verbinde, alles erscheine mit der Zeit immer klarer, wertvoller und deutlicher.

Apple hat gesagt, nur im Chaos könne man auf Wahrheit und Schönheit hoffen, und wenn wir beides noch nicht erlangt hätten, dann nur unserer Körper wegen.

Was soll's, manche Menschen können niemals wirklich getrennt werden.

Nur, wollte er all die sorgfältig ausgewählte Kleidung, seine Schuhe und den Schmuck nicht mehr haben?

Wenn ich an ihn denke, höre ich Chopin. Ich weiß nicht, ob Apple Chopin mochte, wir haben nie darüber gesprochen.

Der Tod verlieh meinem Freund Apple Flügel, wie ein Engel sie hat, so kann er an allen Banketten seiner Freunde teilnehmen.

Ich war nicht bei der Trauerfeier für Apple, habe ihm nur einen Zettel gebracht: Du bist unersetzlich, bist mit mir, teilst alle meine Spielsachen mit mir!

Apple, wir haben keine schwarzen Armbinden getragen, das ist zu konventionell, und dir gefallen wir besser, wenn wir uns schön machen.

Apple, schön, dich gekannt zu haben.

Durch meine vom Wind zerzausten Haare spürte ich einen Blick aus schwarzen Augen meinen Hinterkopf durchbohren, das ist sein Atem, krank und hart. Als ich mich umdrehte, sank sein letzter Schritt wie Staub vor mir nieder. Miracle Fruit trug einen bodenlangen, schwarzen Lederrock für Männer, wie ein großer Fächer in der Nacht.

Ich roch sein Parfum, berührte ihn, es war, als hätte meine Trauer etwas von ihrer Macht verloren.

Ich sagte: »Unser Apple ist gegangen!« Der Mond sah wie ein Kindergesicht auf uns herunter.

Er umarmte mich, wir gingen woandershin, um zu reden. Aber er konnte es nicht abwarten, mich von hinten zu nehmen. Und dieses Mal drang der Schmerz aus meinen verfluchten Augen auch in mein Herz.

Danach haben wir nicht mehr telefoniert.

Ich hatte das Chaos in mir diesem Mann geben wollen, ich wollte von ihm kontrolliert werden. Ich hatte mit diesem Mann auf Postern überall in Shanghai erscheinen wollen. Einst habe ich mich nach einer Liebe gesehnt, die mich aus meiner Schwäche erlöst.

Aber jemand hat den Wein in unseren Bechern mit einem Fluch belegt. Wir sind zerbrochen und brauchen Ärzte, die uns wieder zusammensetzen.

18

Trennung

Romeo and Juliet: Exit Music

Wake from your sleep,
The drying of your tears,
Today we escape, we escape.

Pack and get dressed
Before your father hears us,
Before all hell breaks loose.

Breathe, keep breathing,
Don't lose your nerve.
Breathe, keep breathing,
I can't do this alone.

Radiohead

Am Wochenende pflegten Saining und ich unsere Hirnge-
spinste und waren »Partner auf der Jagd«. Wir gingen immer
gemeinsam aus. Als wir hörten, dass die Polizei von außerhalb oft Razzien in *Klubs* durchführt und von Chinesen Urin-
proben verlangt, nahmen wir kein *Ecstasy* mehr. Aber wir
waren nach wie vor jeden Freitag und Samstag *fucked up*,
sonntags wurde nur gegessen und geschlafen, Montag waren
wir völlig fertig, Dienstag rutschte die Stimmung in den Kel-
ler, Mittwoch wurde es besser, am Donnerstag freuten wir
uns auf den Freitag. Am schönsten war es, nach dem *Fucked-
up*-Sein mit Saining Unsinn zu reden. Manchmal spielten wir
gemeinsam Gitarre zum Radio. In letzter Zeit erntete Saining
am Stadtrand von Peking mit der Schere Marihuana, wir
saßen jeden Tag dort, jeder vor seinem *Milkshake*, er siebte
die brauchbaren Blätter heraus, während ich drehte. Wir arbeiteten, dann rauchten wir, dann gab es wieder *Milkshake*, dann
arbeiteten wir wieder, rauchten und schliefen eine Runde.
Diese Stadt ist nicht besonders schön, aber wir haben ja die
Musik.

Einmal kochte Saining eine Suppe mit medizinischen Kräu-
tern, und nachdem wir sie aufgegessen hatten, schlug ich vor,
DJ-Duell zu spielen. »Ich lege oben auf und du hier unten, erst
du, dann ich und so immer weiter, ja?«

Wir rissen die Platten an uns und legten fünf Stunden lang
auf, ohne Pause.

Anschließend ging ich duschen. Als ich aus dem Bad kam,
sah ich, dass Saining chattete, und wollte mitmachen. Saining

91

stellte mich dem anderen vor und ging selbst duschen. Als er zurückkam, hatte ich keine Lust mehr, was Saining nicht verstand, wir hätten doch ausgemacht, gemeinsam zu chatten. »Ich habe keinen Bock mehr auf dieses Spiel«, sagte ich, »lass uns eine DVD ansehen.«

Saining war im Nu unten bei mir und setzte sich neben mich, aber ich konnte sehen, dass er wütend war, stellte das Gerät aus und sah ihn an.

»Wieso glaubst du, dass das ein Spiel ist?«, fragte er. »Dir ist doch klar, dass am anderen Ende der Leitung auch ein Mensch sitzt, oder?«

»Jetzt nimm das doch nicht so ernst«, sagte ich. »Ich weiß, dass das kein Spiel ist, ich habe das nur so gesagt. Ich habe keine Lust mehr dazu, weil ich es nicht gewohnt bin, mich mit Leuten zu unterhalten, die ich weder sehen noch hören kann.«

Wieso ich dann von »Spiel« gesprochen hätte, wollte Saining wissen.

»Ich habe das nur so dahingesagt«, wiederholte ich.

»Das glaube ich nicht«, sagte Saining.

»Es tut mir Leid«, sagte ich. »Wirklich.«

»Du brauchst dich nicht zu entschuldigen«, sagte Saining. »Du solltest dir nur klar darüber sein, was du meinst.«

Saining war immer ein schöner Mann gewesen, der auch in Rage schön blieb. Aber ich fühlte mich unwohl, wenn er wütend auf mich war, mir zog sich innerlich alles zusammen.

Den ganzen Abend kochte er vor Wut, und beim Schlafengehen sagte ich: »Saining, beruhige dich. Beschwerst du dich nicht immer, dass ich nicht lebendig genug schreibe? Jetzt garantiere ich dir, ich werde ein Buch schreiben und es dir widmen, mit dem ich mich selbst zu Tränen rühren werde.« Das war nicht einmal ein neuer Einfall, das hatte ich mir

schon längst überlegt. »Wenn ich nicht heulen muss, wird es nicht erscheinen, ja? Ist das so in Ordnung?«

»Schreibst du über mich?«, fragte Saining.

»Ich schreibe: ›Alle braven Kinder bekommen Bonbons‹.«

»Garantierst du mir, dass du mit mir kein Geld verdienst?«

»Was soll das denn heißen?«

»Das heißt«, sagte Saining, »dass du mich nicht benutzen sollst, um hochgelobt zu werden.«

»Hast du bei meinem Roman diesen Eindruck? Dann habe ich versagt.«

»Du hast versagt, denn du sagst nicht die Wahrheit.«

»Romane schreiben hat nichts mit Wahrheit oder Unwahrheit zu tun.«

»Dann bist du eben keine Schriftstellerin«, sagte er.

»Sei nicht so grausam, Saining. Wenn ich schreiben will, muss ich zuerst Verletzungen erleben. Das ist mein Versuch, mich auszudrücken, und niemand muss es lesen. Schreiben ist die Kraft, die mir hilft weiterzuleben, es ist eine sentimentale Tätigkeit, eine Art Liebe, etwas unglaublich Einfaches, und diese schlichte Tätigkeit kann mir Freiheit schenken. Wir leben unser niederes Leben, lieben vielleicht auch noch Menschen, die es überhaupt nicht wert sind. Die Schriftstellerei ist dabei nur eine von vielen Sachen. Hier geht es nicht um Wahrheit oder Unwahrheit, die Schriftstellerei kann mir niemals Sicherheit garantieren, genauso wenig wie deine Musik es kann. Ich kann meiner Schriftstellerei nicht noch mehr Ehrlichkeit beifügen, um zu beweisen, dass ich es ernst meine. Wir unterscheiden uns nur darin, dass ich meine Bücher herausbringe und du deine Musik nicht. Sonst trennt uns rein gar nichts.«

»Das ist der größte Unterschied«, erwiderte Saining, »ich habe keine Erwartungen an meine Musik, ich erwarte kein Publikum, keine Reaktion, meine Musik ist nichts weiter als

Ausdruck meiner Seele, und das ist alles, was ich will, nichts weiter, alles andere bin nicht ich.«

»Gut! Nur du allein hast das Recht, so mit mir zu sprechen, und ich verstehe dich. Aber du bist auch wirklich der Einzige. Ich brauche ein Publikum, weil ich leidenschaftlicher bin als du, ich liebe die Menschen mehr als du. Aber ich erwarte kein Feedback, und ich glaube nicht, dass das ein Fehler ist.«

»Lass uns zusammen ein Kind bekommen!«, sagte Saining. »Dadurch bekommen wir vielleicht ein tieferes Verständnis von dem Wort ›Liebe‹.«

»Komm mir bloß nicht mit dieser Geschichte! Wieso willst du ein Kind mit mir?«

»Wir beide sind aus irgendeiner blöden Idee heraus entstanden, unsere Kinder aber könnten eine regelrechte Revolution werden.«

»Ist das alles auf deinem Mist gewachsen, ein gemeinsames Kind? Du machst mich ganz nervös, wie lange waren wir denn schon nicht mehr zusammen? Könntest du überhaupt Vater sein? Unser Kind wird nichts anzuziehen haben.«

»Ich kann immer noch in der Huating-Straße ein paar gefakte Markenklamotten für zehn Kuai das Stück besorgen.«

»Findest du dich witzig? Du verstehst nichts von Liebe. Du hast mir nicht einmal einen Orgasmus geschenkt. Dazu hat mir ein anderer verholfen.«

»Tatsächlich?«

»Ich bringe es kaum übers Herz, dir das zu sagen«, bestätigte ich. »Aber es stimmt, ich schwöre!«

»Wer war der andere?«

»Es spielt absolut keine Rolle, wer das war, der Punkt ist, dass du es *nicht* warst.«

»Warum bist du so gemein zu mir?«

»Weil du dumm bist. Du hast einen wunderschönen

Schwanz, aber bist doch nur ein Stück Scheiße, das von Liebe überhaupt nichts versteht. Du bist immer noch ein erotischer, verrückter, poetischer, egoistischer Musiker – aber das Mädchen, das verrückt nach diesem Mann war, gibt es nicht mehr. Meine Welt, mein Körper, alles hat schon immer Saining gehört, wie dumm ich doch bin! Wieso haben wir uns in all den Jahren nicht ein einziges Mal gemeinsam auf die Suche nach meinem Orgasmus gemacht? Wieso war dir das egal? Du warst so überzeugt von dir, dass ich schon kein Mensch mehr für dich war. Und du hast dir eingeredet, dass du mich selbstverständlich zum Orgasmus bringen könntest? Oder bist du so blöd, dass du glaubst, ich hätte immer einen gehabt? Oder ist es, weil ich als Kind zu viel mit meinem Körper herumgemacht habe und der Himmel sich nun einen Scherz mit mir erlaubt? Wenn ich dich heute nach wie vor liebe, so sicher allein deshalb, weil wir beide gleich blöde waren. Die Frage ist, wieso ich in all den Jahren mit dir nie darüber nachgedacht habe – ist das nun deine Schuld? Oder war ich einfach zu blöd? Wieso bin ich so dumm? Ich weiß nicht, wie viele Menschen so dumm sind wie ich, ich schäme mich, und manchmal will ich einfach nur sterben.«

»Woher soll ich wissen, dass du nicht weißt, was ein Orgasmus ist, das weiß doch jeder.«

»Ich wusste es nicht, während ich mit dir zusammen war, niemand hat es mir gesagt, nicht einmal mein Freund. Inzwischen ist es mir egal, ob ich einen Orgasmus habe oder nicht. Wenn ja, ist es gut, wenn nicht, auch gut. Von vorne ficken, von hinten ficken, das ist mir auch egal. Nur Langweiler haben Muskeln, und nur Schwächlinge bekommen einen Orgasmus. Und nur irgendwelche hirnlosen Wichser haben einen Breitbildfernseher, das ist mir schon lange klar. Das Problem ist, sobald ich an früher denke, werde ich traurig. Deinetwegen fühle ich mich so erbärmlich, du verstehst nichts

95

von Liebe, du begreifst meinen Körper nicht – keiner von uns tut das.«

»Ich glaube nicht, dass ich nichts von Liebe verstehe, meine Liebe erwartet keine Gegenleistung, darum finde ich, dass sie besonders rein ist und schlicht, ja, meine Liebe ist wirkliche Liebe. Anders als deine, du versuchst, alles mit Hilfe der Liebe zu erklären, du hast viele Arten von Liebe, deine Liebe ist hochkompliziert, und außerdem ist deine Liebe auf Körperliches fixiert, darum verstehe ich sie nicht. Du sagst, du willst sterben. Aber du wirst niemals sterben. Ein Dickkopf wie du stirbt nicht. Apple ist gestorben, aber du mit deinen unzähligen Selbstmordversuchen stirbst einfach nicht. Ich glaube, du stirbst selbst von gepanschtem chinesischem Schnaps nicht, und wenn du dir ein Jagdgewehr kaufst, um dich zu erschießen, wird es eine Ladehemmung haben. Jedenfalls stirbst du nicht. Du bist mehr als zwei Meter groß, hoch gewachsen, nie zufrieden, du benutzt die Menschen, bist grausam, du willst alles, du abgefuckte Hure. Aus den Leuten, mit denen du geschlafen hast, könnte man ein ganzes Orchester zusammenstellen. In zahllosen Konzerten hast du mein Gesicht gesucht, ja, du hast sogar für einen Idioten, der Heavymetal spielt, ein Zuhause gefunden, nur weil er mir ähnlich sieht. Zehn Jahre! Und jetzt behauptest du, bei mir nie einen Orgasmus gehabt zu haben. Du tickst nicht ganz richtig, darum stirbst du auch nicht.«

»Willst du, dass ich sterbe?«

»Ich habe mir unzählige Male vorgestellt, wie du aussiehst, wenn du stirbst. Mir gefällt es, darüber nachzudenken.«

»Was wirst du tun, wenn ich sterbe? Alle außer mir halten dich für Abschaum, für einen Idioten, der mit geschlossenen Augen durchs Leben geht. Eines Tages wird das Geld verbraucht sein, das du von deiner Mutter geerbt hast. Du wirst erfrieren und verhungern, ich bin deine einzige Freundin. Fin-

dest du es nicht merkwürdig, dass du nach all den Jahren nur noch mich hast? Nicht einmal San Mao betrachtest du noch als Freund, er ist dir zu dick und fett geworden. Du bist ein gefühlloses Ding, magst niemanden, liebst niemanden.«

»Ich werde dich über deinen Tod hinaus immer lieben.«

»Warum weinst du? Unser Romeo weint. ›Ich werde dich über deinen Tod hinaus immer lieben‹ – also stirb am besten schnell. Kratz einfach ab!«

»Aber wir leben noch, einfach weil wir leben wollen.«

An diesem Abend hörten Sainings Tränen nicht auf zu fließen.

»Ich liebe dich«, sagte er. »Ich könnte dich nicht tiefer lieben. Du bist verrückt. Ich könnte dich nicht mehr lieben. Du bist eine Verräterin. Du bist eine Top-Schauspielerin, dir gefällt nur Gekünsteltes.«

Dann fuhr er fort: »Ich werde dich nie mehr lieben können. Du bist so jämmerlich, wankelmütig und eine Expertin im Betrügen.«

Dann entschuldigte er sich.

Ich begann zu bereuen und bekam Angst. Vielleicht sind unsere Unschuld und unsere Verwirrung alles, was uns geblieben ist, und wir haben alles andere verloren. Was haben wir in all diesen Jahren nur gemacht? Heute Abend zerstöre ich die guten Tage, die wir gehabt haben.

Über unseren Köpfen funkeln die Sterne, und vielleicht sind die Wolken weiß. Wir sind dabei, uns selbst zu verlieren, denn der Mond ist bereits ausgelöscht worden. Jetzt ist es eine »Der-Osten-ist-rot-Wolke« genannte Substanz, die den Menschen leuchtet.

Ich weinte ebenfalls.

Saining sagte, er sei sehr traurig.

Ich sagte, ich sei auch sehr traurig.

Saining ging.

Ich beobachtete, wie die Morgensonne durch den Vorhang hereinschien. Früher hatten wir uns in diesem Licht immer geliebt. Heute schien es, als sähe ich sein engelsgleiches Gesicht zwischen all diesen normalen Menschen auf der Straße leuchten. Es ist der einsamste und kritischste Moment des Tages für ihn, der bewegendste auch. Wenn wir nachts völlig *fucked up* waren, dann war es immer das Wogen von all den friedlichen und guten Gesichtern am Morgen, das wir besonders fürchteten.

Im Grunde amüsiert er sich einfach gern, er versteht nichts, aber er begreift alles. Er ist ein kleines Kind, doch er hat sein Vorleben. Saining sagt, am liebsten treffe er Wannsinnige, für ihn seien sie nicht bemitleidenswert, er empfinde sie als frei, weil sie alle wertvollen Dinge in Stücke schlügen und sie das überhaupt nicht kümmerte.

Einige Tage später ging Saining am Morgen mit seiner Geige in den Hof. Beim Anblick dieser Gestalt und dem Klang seines Instruments glaubte ich dem Mann plötzlich, dass er mich einmal geliebt hatte und es jetzt nicht mehr tat. Ich dachte an unsere erste Begegnung: Es hatte in Strömen geregnet, und es lief Musik von irgendeiner Platte. Ich weiß nicht, wieso mir der große Mann auffiel, der sich dort zur Musik wiegte. Aus irgendwelchen Gründen strahlte er übers ganze Gesicht, er trug ein weißes, kurzärmeliges T-Shirt, gemusterte Kordhosen, die so weit waren, dass sie wie ein Rock wirkten – aber es waren eindeutig Hosen. Er war allein in dieser Bar, schaukelte hin und her, ein Glas Whisky in der linken Hand, während er die rechte frei schwingen ließ. Ich sah auf seine Beine und bemerkte, dass sie sich in meine Richtung bewegten. Er trug hellblaue Turnschuhe mit dünnen Sohlen, die seine Schritte unsicher wirken ließen. Glänzendes,

schnurgerades langes Haar hatte er, das über das obere Drit-
tel seines Körpers hing, sein Gesicht war bleich. Ich konnte
nichts Genaues erkennen, war aber sicher, dass er lächelte –
ob er mich ansah, wusste ich nicht. Ich aß mein Eis weiter.
Kurz darauf erschien rechts von mir eine männliche Hand mit
einem Glas, eine große Hand mit kräftigen Fingern, denen
man ansah, dass ihr Besitzer an den Fingernägeln knabberte –
das tat ich auch. Als seine Haare vor meinem Gesicht hingen,
nahm ich ihren frischen Duft auf, hob den Kopf und sah den
Mann an. Ich schwöre, das war das Gesicht eines Engels! Er
lächelte seltsam, und die bloße Reinheit in diesen Augen
brachte mich völlig aus dem Gleichgewicht. Von diesem
Augenblick an war es mir nicht mehr möglich, meinen Blick
von dem Gesicht, wie es in jenem Moment war, zu lösen. Ja,
vielleicht habe ich nur deshalb bis heute überlebt, weil ich an
dieses Gesicht glaube.

Plötzlich sagte Saining, er wolle in den Süden fahren und
unseren Hund zurückholen.

Ich sagte, das sei nur ein Hund, ein Kind, das nie erwachsen
werde, wie ein Idiot. »Idiot«, ob er das verstünde, fragte ich,
»Idiot«.

Saining nahm gerade Hustensaft. Er sagte, das Gefühl, wie
der Hustensaft die Kehle hinuntergleite, sei dasselbe wie bei
einer Trennung.

19

Ich heiße Mian Mian

You gonna say that love is Romeo and Juliet
But you are talking about books
You gonna say that love is the angels at the Sistine Chapel
But you are talking about a paint
You gonna say that love is what your neighbour feels for Maria
But you are talking about a story

Cause I want to know if you felt it once
The tornado inside
But you can't run to a safe house
The earthquake inside
But you can't tie up all the dishes on the cupboard
The seaquake inside
But you can't find one thousand life vests to keep you from
drowning

Cause love is drowning, pain, light, thunder. magic, laugh!!!
Got it once?
Cause you gonna write a story where you'll be Juliet
Cause you gonna paint thousand blue angels playing harp
Cause you gonna get all wet after jumping into this river of yours

Get to get wet together
Get to cry together
Get to hold hands together
Get to get lost into her arms
And I will be here, at the audience
Learning the oriental patience, the fisherman's patience
Till my turn comes

aus einem Gästebuch

Ich bin ein mit Regenwasser gefüllter Graben, mein Name ist Mian Mian, und diese Geschichten sind nicht etwa meine Autobiografie – damit warte ich, bis ich eine echte Schriftstellerin geworden bin. Dieses Ziel habe ich. Gegenwärtig kann man mein Schreiben nur als Debakel bezeichnen.

Zurzeit haben die wahren Geschichten mit meinen Werken zu tun, nicht aber mit den Lesern.

Mein CD-Player dreht sich ewig, eine nicht enden wollende Hoffnung gleichsam. Mit Hilfe meiner Ohren empfange ich eine wunderschöne Welt. Diese Schönheit ist immer *jetzt*, die Welt, an die ich mich erinnere, ist meine, sie gehört mir, ist mein Ein und Alles.

Wir schreiben den Morgen des 21. April 1999, und das einzig Klare in diesem zersplitterten Bonbon ist das Gedicht, das ich gestern Abend bekommen habe. Es hat den süßen Titel »Morgen ein Gespräch mit dir«.

Diesmal ist er nicht fortgegangen, es scheint, Shanghai gefällt ihm, und vielleicht werden wir gemeinsam Zeuge der letzten Morgenröte dieses Jahrhunderts.

Aber wir sind uns nicht im Mindesten über unsere Identität im Klaren, er ist ein Mensch, ich bin ein Mensch, was beweist, dass wir gar nicht so weit voneinander entfernt sind.

Mein Leben in Geschwindigkeiten einteilen, mit der tödlichen Gitarre geht es schwächlich voran, versuchen, alles mit einer Klangfarbe auszudrücken, versuchen, eine Sache für alle anderen stehen zu lassen.

So sehr ich mich bemühe, ich werde mich nie in diese klagende Gitarre verwandeln; so sehr ich mich auch bemühe, Fehler wieder gutzumachen, der Himmel wird mir diese Stimme, die mich zu den Wolken hinauftragen könnte, nicht wiedergeben. Ich habe versagt, und so bleibt mir nichts anderes übrig, als zu schreiben.

Wir müssen zuweilen an Wunder glauben, unzählige Male

habe ich im Widerhall des Schreibens, der dem Klang einer um Mitternacht zersplitternden Flasche gleicht, die von Freunden gestohlene *Radiohead* gehört. Und an diesem einzig klaren Morgen, ich bin gerade neunundzwanzig Jahre alt, bin ich mit diesem Bonbon am Ende.

Ich bin ein böser Junge, oder: Happy birthday

1

Ich sehe *Channel V* und höre ihre Stimme von nebenan zum Fenster hinaus- und bei mir hereinschallen. Die Frau scheint sich in der Luft vor unseren Zimmern aufzuhalten. Durch das verschlossene Fenster sehe ich ihr Haar vorüberfliegen.

Wenn sie wirklich gesprungen ist, denke ich, so bin ich nicht traurig, aber viel, viel später wird es mir das Herz brechen.

Trotz dieser Erkenntnis gehe ich hinüber und klopfe an ihre Tür. Ich rufe ihren Namen, frage, ob alles in Ordnung sei. Der Spanier antwortet: »Wir sind okay.«

Ich kann nichts machen. »Hol sie herunter!«, sage ich, »das ist gefährlich.«

2

Nu Nu klopft an unsere Tür, ich liebe Nu Nus ständig halb geschlossenes linkes Auge. Nu Nu sieht mir nie direkt in die Augen, denn so sieht er sehr schön aus. Wenn ich einen Mann schön finde, so hat er mit Sicherheit große Augen, volle Lippen und einen kindlich reinen Gesichtsausdruck. Doch Nu Nus Schönheit ist etwas Besonderes, sie hat einen säuerlichen Beigeschmack.

Zum ersten Mal habe ich Nu Nu in diesem Winter gesehen, in einem koreanischen Grill-Restaurant in Peking. Nach

dem Essen beschlossen wir Shanghaier, in die Sanlitun-Gegend zu gehen, um die Mädchen-Punkband »On Top of the Box« anzusehen. Es war Wochenende, und wie wir so in Sanlitun um die Häuser zogen, stellten wir fest, dass sich unglaublich viele auswärtige Musikgruppen in Peking dräng-ten. Alles war voller Punks und aufgeregter Jugendlicher, überall hingen Ankündigungen für *Partys*. *Modern Sky* war die neue Nummer eins im Plattengeschäft, eine Plattenfirma mit Zeitschriften und Bars. Ihr Chef Shen Lihui war in unse-rem Alter, er war derjenige, der all unsere Träume in diesem Jahr wahr werden lassen konnte.

Wir verließen Sanlitun und gingen auf die *Cheese Party* eines Schweizer *DJ*s. Endlich gibt es auch in Peking Tanzklubs. Und gar nicht einmal so schlechte. In Peking ist immer etwas los, jeder will dabei sein und etwas tun. Wir Shanghaier wirk-ten hier fast etwas verlangsamt. Bei der *Cheese Party* hing die Luft voll Hasch-Geruch, das merkte man sofort. Die Musik von Cheese war schwerer House. Auf den *Partys* hier sind extrem viele Chinesen, anders als in Shanghai, alle tanzen, und jeder hat eine eigene Körpersprache. Kurz vor Tages-anbruch kamen viele kleine Punks, und man sah auf den ersten Blick, dass sie stoned waren. Ihr Schwanken, die Haare, ihre Hände, ihre naiven Gesichter, es war unübersehbar. Alle Großstädte ähneln sich, so wie im Prinzip alle guten *Partys* einander gleichen. Sie sind schön und leer, und alle bergen sie ihr eigenes Geheimnis. Ich kenne die Pekinger Geheimnisse nicht, und deshalb verstehe ich auch die der Pekinger *Partys* nicht.

Zwischen Peking und Shanghai liegt ein himmelweiter Unterschied. Das Shanghaier Nachtleben ist geprägt von einer Atmosphäre der Hoffnungslosigkeit und einem »Es-gibt-kein-Morgen«.

Nu Nu und ich waren den ganzen Abend auf der Suche

nach Haschisch. Wir hatten Pech, fanden nichts und verloren beide im Gewühl unsere Freunde.

Nachdem wir uns bis zum Morgen abgestrampelt hatten, mieteten wir zusammen ein Zimmer. Ich duschte, kam angezogen aus dem Bad, und dann duschte Nu Nu. Er trat mit einem Handtuch um den nackten Körper ins Zimmer, mit nassen Haaren sah er gut aus.

Wir sahen *Channel V*, dann schlug er vor: »Lass uns miteinander schlafen, okay?« – »Von mir aus«, sagte ich. Er legte sich zu mir, küsste meinen Rücken. Seine Hände und seine Lippen waren wunderbar weich. Er war der erste Mann, der mit mir im Bett Shanghai-Dialekt sprach, er blieb die ganze Zeit hinter mir, sodass ich sein linkes Auge nicht sehen konnte. Wir waren zwar beide mit der Absicht ausgegangen, Sex zu haben, waren einander aber ziemlich gleichgültig, darum verloren wir auf halber Strecke einfach die Lust.

In der Shanghaier *Goya-Bar* gibt es jede Menge Kerzen, sechzig verschiedene Martinis und eine Alkoholiker-Chefin, die Chinesisch mit Pekinger Akzent und Englisch mit New Yorker Akzent spricht und beides extrem übertreibt – mich widert ihr New Yorker Akzent an.

Heute setze ich mich allein hin und höre der Musik zu, ich höre gern an unterschiedlichen Orten meine Lieblingsmusik, so bekomme ich das Gefühl, die Musik sei meine Familie.

Am Tisch mir gegenüber sitzt ein Maler, den ich sehr schätze, neben ihm mehrere Männer, die mir Beifall klatschen. Ich frage: »Klatschen Sie meinetwegen?« Sie bejahen und bitten mich an ihren Tisch. »Gut!«, sage ich.

»Was tun Sie so allein hier?«, wollen sie wissen. Ich sei happy, sage ich. »Wieso trinken Sie allein und wieso in einer Bar?«, fragen sie.

»Nur so«, sage ich.

»Warum sind Sie happy?«, wollen sie wissen. »Weil ich dann ein gutmütiger Mensch bin«, erkläre ich. Der Maler, der mir so gut gefällt, fragt: »Wie betrachten Sie normalerweise ein Bild?« – »Beim ersten Mal sehe ich mir nur an, was meine Blicke unmittelbar anzieht«, antworte ich, »beim zweiten Blick achte ich auf die Farben, beim dritten Blick kneife ich ein Auge zu, und beim vierten dringe ich regelrecht in das Bild ein.«

Ich finde sie ziemlich doof und mich selbst auch. Dann sagt jemand, ich sei so unecht. Der sympathische Maler beginnt, mich zu streicheln, und um die anderen nicht in Verlegenheit zu bringen – was ich mag, sind seine Bilder –, nehme ich seine Hand fort und sage: »Sie haben viel zu tun, nicht wahr?« – »Sinnlose Schinderei«, antwortet er.

Als sie aufbrechen wollen, sagt einer: »Wenn wir jetzt nach Hause gehen, tut ihr zwei das doch auch!«

Das bringt mich auf die Palme, aber ich muss mich dumm stellen, um nicht vollends das Gesicht zu verlieren. Es hat schon begonnen. Ich denke, meiner schlechten Gesichtsfarbe wegen sehe ich noch dümmer aus.

Der Maler reicht mir eine Zigarre: »Hier, für dich, nimm sie ruhig für etwas anderes.« Ich sage, ich rauche keine Zigarren. »Wieso nicht?«, will er wissen. »Weil ich sie nicht rauche«, sage ich.

Ich rufe Nu Nu an, und als er kommt, möchte ich in Tränen ausbrechen. Ich denke, ich bin wirklich blöd, am Anfang habe ich doch in aller Ruhe dagesessen. Ich glaube, ich bin wirklich einsam, sonst wären diese Wichser von Malern gar nicht zum Zug gekommen.

Gemeinsam betreten wir das *YY's*. Als wir uns setzen, entdecken wir einen ungewöhnlichen Typen und eine merkwürdige Frau in der Bar. Ich habe die Frau in meinem Blickfeld, Nu Nu den Mann. Im selben Moment stehen wir wieder auf und tauschen die Plätze. Dann müssen wir lachen. Nu Nu

fragt: »Warum lachst du?« – »Sage ich dir gleich«, antworte ich und frage ihn: »Wieso lachst du?« Ich solle auch einen Augenblick warten, dann würde er es mir sagen. Wir trinken viele Tassen Kaffee. Dann brechen wir rasch auf. Ich frage Nu Nu, wieso er denn nun gelacht habe, und er sagt, die Nase der Frau sei so hässlich gewesen. Als Nu Nu mich fragt, wieso ich gelacht habe, sage ich, weil der Mund des Mannes so komisch ausgesehen habe.

Wir kaufen Eiskaffee und *Fisherman's Friends* im Supermarkt. Dann laufen wir hin und her und landen schließlich im *Groove*. Dort gibt es immer Drogen. Niu Kou legt *Drum 'n' Bass* für uns auf, und ich gehe mit Nu Nu auf der Tanzfläche hin und her, bis wir ein Ausländer-Pärchen so durcheinander gebracht haben, dass es nicht mehr tanzen will. Als es schließlich endgültig zu eng wird, überschlagen wir, dass wir heute zweihundertsechsundzwanzig Kuai ausgegeben und dermaßen viel Kaffee getrunken haben, dass an Schlaf nicht zu denken ist. Was sollen wir tun?

Wir gehen zu Nu Nu nach Hause, duschen, und nachdem Nu Nu eine Schallplatte ausgesucht hat, legt er sich hinter mich, sein Kopf ruht auf meiner Schulter wie auf einem Kopfkissen, sein Atem weht über meinen Nacken, und er spricht leise an meinem Ohr: »Manchmal breche ich bei dieser Musik in Tränen aus, es ist ein solches Glücksgefühl, dass es wehtut, und dann muss ich weinen.« Wir hören das Geigenstück wieder und wieder. Ich sage: »Nu Nu, manchmal wünsche ich mir einen Geliebten, für den ich sterben kann.« Nu Nu sagt, er wünsche sich, mit einer Frau so eine Beziehung zu haben, eine lang andauernde Beziehung. »Meinst du, dass das schwer ist?«, frage ich. »Ich weiß es nicht«, sagt er, »jedenfalls möchte ich nicht einfach mit irgendjemandem ins Bett gehen, das ist mir peinlich, überhaupt sind mir Dinge schnell peinlich.«

Der Mond stand genau in dem freien Raum zwischen den Vorhängen, und ich fragte mich, wie es sein konnte, dass ein so runder Mond mir genau ins Gesicht schien. Meine Laune besserte sich sofort, und wir schliefen mit Blick auf den Mond ein.

Seit dieser Nacht sind Nu Nu und ich gute Freunde.

3

Es passieren immer Dinge, die schwer zu verstehen sind. In ihrer Geburtstagsnacht stieg Red mit einem Fuß auf die Fensterbank, mit dem anderen auf meine Schulter, ich hob den Kopf und sah sie an, sie sah in den Himmel – wir befanden uns im siebten Stockwerk.

Sie sagte, der Mond sehe aus wie ein Kindergesicht. Dann erzählte sie immer mehr. Sie spielte die geistesgestörte Hure, darin sind Shanghaier Mädchen am besten.

Sie stimmte ein Lied an: »Der Sommer ist endgültig vorbei, der Sommer ist vorbei, wo gehen wir hin? Wo gehen wir hin, wenn der Sommer vorüber ist?«

Das sang sie offenbar nicht für mich, und ich bekam Angst, sie könne plötzlich hinunterfallen.

Sie liebt dieses »Der Mond sieht aus wie ein Kindergesicht«, was ich überhaupt nicht nachvollziehen kann.

4

Das Gefühl an jenem Abend war ein künstliches, unwirkliches. Alle fanden es geil, ich auch. Dabei war da nichts mit Offenheit, aber gesagt werden musste es. Little Demon setzte sich plötzlich auf und sagte, sie müsse pinkeln, ging in den

Wald, kam wieder heraus – sie schien zu zögern. Schließlich sagte ich, dass ich sie sehen könne, aber nur undeutlich. Sie war beruhigt, schien aber immer noch zu zögern. Sie ging zur anderen Seite der Wiese. Ich sah deutlich jemanden sich hinhocken und hatte das Gefühl, sie hocke ewig dort.

Als Niu Kou plötzlich begann, neben dem Pavillon im Kreis zu gehen, schlossen alle sich ihm an, jeder mit den Händen auf den Schultern des Vordermannes, den Blick auf Niu Kous Schuhe gerichtet, Rhythmus und Geschwindigkeit aller sieben aufeinander abgestimmt.

Er tänzelte, ich tänzelte, es war ein Gefühl der Fremdheit. Der Rhythmus von Niu Kou war zuerst nicht gleichmäßig, und anfangs setzten wir die Füße ebenso unsicher. Aber plötzlich gab es eine unerwartete Änderung, und dann lief es reibungslos. Das Tempo erhöhte sich, und ich hörte jemanden sagen: »Geil!«

In dieser Finsternis hatten mindestens sieben von uns sieben Angst. Denn es war schlicht zu dunkel. Wir Shanghaier sind nicht in der Lage, der Dunkelheit zu begegnen, wir kennen nur mit Licht durchsetzte Dunkelheit, denn wir brauchen nur die Hand zum Lichtschalter auszustrecken. Und hier mussten wir nun warten, warten bis zum Morgengrauen, das macht uns ohnmächtig, auch wenn wir nichts Konkretes fürchten – alles, was wir aus der Stadt kennen, ist noch da. Und die Dinge bleiben diese Dinge. Wir sind vor allem Nachtschwärmer, aber das hier war die richtige Nacht, und Nachtschwärmer und echte Nacht passen nicht recht zusammen. Wir können, egal wo wir sind, auf keinen Fall in der Nacht schlafen.

5

Nach unserer Rückkehr vom Sun-Yat-sen-Mausoleum in Nanjing rückte er endlich damit raus, dass er mit mir schlafen wolle – mir war das egal, Sex oder nicht Sex, das war mir einerlei. Wir beschlossen, bei Nu Nu anzuklopfen und ihn zu fragen, ob er uns sein Zimmer überlassen würde. Ich war es, der anklopfte, ich weiß nicht, wieso er es nicht tat, aber ich wusste, wenn ich schon das Anklopfen übernehmen musste, würde ich *dazu* bestimmt keine Lust mehr haben. Irgendwie blieb so was immer an mir hängen, also klopfte ich an die Tür, die aber nicht geöffnet wurde. Er nahm mich dann mit zu sich nach Hause, und auf der Toilette wurde mir klar, dass er es gar nicht bringen würde. Das war ein schwerer Schlag. Wenn ich Liebe will, wenn ich meine Hand nach dem Körper eines Mannes ausstrecke und nichts fühle, dann ist das immer eine große Enttäuschung, und meine Erregung verschwindet sofort. Heute aber war ich gar nicht auf Zärtlichkeit aus gewesen, hatte nur über Umwege und nach einigem Hin und Her das Unvermögen eines Mannes zu Gesicht bekommen. Und es tat mir Leid für ihn, ich hatte das alles nicht sehen wollen, es war wirklich ein Schlag für mich.

Red ließ ihre *Geburtstags-Party* in Nanjing steigen, zu diesem Anlass reisten achtzehn Leute aus Shanghai an – und das, wo ich es doch wirklich nicht gewohnt bin, mit so vielen Menschen zusammen irgendwohin zu gehen. Head wollte, dass ich den Nanjingern gute Tanzmusik vorspielte, aber unsere *Party* ging voll in die Hose. Die Leute hier bewegen entweder ihren Oberkörper, dann bleibt der Unterleib unbeweglich, oder umgekehrt. Sie starrten immerzu zum *DJ*-Pult hin, als erwarteten sie, dass ich zum Megaphon greifen und etwas sagen würde.

Red sagte, ich müsse sie zum Tanzen bringen. »Du musst es hinkriegen, dass sie sich wohlfühlen, dafür bist du hier.«

Red schien nicht sonderlich zufrieden. »Du beachtest sie ja gar nicht, du legst nur auf, was dir Spaß macht, das geht nicht«, beschwerte sie sich.

Vielleicht hatte sie ja sogar Recht, aber wieso sollte ich sie überhaupt derart zufrieden stellen? Ich wollte ihnen unbedingt einen Strich durch die Rechnung machen, sie in Verlegenheit bringen, sodass sie nicht mehr tanzen würden. Sie auf keinen Fall zufrieden stellen. Außerdem besaß ich keine Platten, zu denen sie getanzt hätten.

Später gingen wir zum Sun-Yat-sen-Mausoleum, ich sah Little Demon auf den Rasen pinkeln, das Gesicht uns allen zugewandt, ich fand das unangenehm und begann mich um mich selbst zu drehen.

In den Pavillon waren die Zeichen der acht Trigramme eingearbeitet, und ich bewegte mich entsprechend im Kreis.

Er kam als Erster angelaufen und wollte mitmachen. »Warte«, sagte er, »halt einen Moment an.«

»Sieh auf meine Fersen«, sagte ich.

Sie kamen einer nach dem anderen, auch Ming Ming, und wir liefen und liefen im Kreis. Sie orientierten sich an meinen Fersen, während ich einfach irgendwie weiterging – bis drei Leute hinter mir mit viel Radau stolperten und stürzten. Da hörte ich jemanden sagen: »Geil!«, und sofort verließen mich die Kräfte. Ich mochte es damals überhaupt nicht, wenn jemand das sagte, es saugte mir alle Kraft aus. Es gibt angenehme Gefühle, über die man nicht sprechen sollte.

Ich setzte mich allein auf die andere Seite des Pavillons, wollte nicht gestört werden, lauschte fernem Hundegebell. Es gab merkwürdige Geräusche im Gras, aber ich wagte nicht, etwas zu sagen, manche Dinge sind eben einfach klar, und dann weißt du darüber Bescheid, aber sprechen tust du nicht darüber. Ich weiß nur, dass die Geräusche einen Rhythmus hatten wie ein herausragendes *Drum-'n'-Bass*-Stück.

113

Wieder kam er herüber. »Du erinnerst mich an einen französischen Filmstar«, sagte er. Das war wirklich dumm. »Wenn ich dich vor drei Jahren kennen gelernt hätte«, sagte er, »hätte ich mich in dich verliebt.« Das war noch dümmer. Ich sagte, ich verstünde nichts von Liebe, ich sei erst neunzehn Jahre alt. Darüber sprach ich zehn geschlagene Minuten mit ihm, ohne dass er es verstand. Dabei hatte ich gehofft, er würde es verstehen, sonst wäre ich längst fortgegangen.

6

Nach unserem Besuch im Sun-Yat-sen-Mausoleum ging jeder in seine Wohnung zurück. Ich rief Red an, doch der Hörer wurde, kaum dass sie abgenommen hatte, sofort daneben gelegt, sodass ich Red mit diesem Mann streiten hören konnte. Sie sprachen abwechselnd Englisch und Kantonesisch, und Red konnte offenbar auch etwas Shanghai-Dialekt – es hörte sich an wie Spanisch.

Obwohl es in Nanjing nicht so leicht war, *Partys* zu feiern, wie in Shanghai, hatte Red unbedingt herkommen wollen, sie sagte: »Ich will, dass alle herumhopsen, und wenn sie es nicht tun – ich werde sie schon irgendwie herumkriegen.« Auf einer erfolgreichen *Party* muss es viele Schauspieler geben, aus diesem Grund nahm sie uns mit. Aber wir lassen uns zu leicht von unserer Umgebung beeinflussen, wir sind keine guten Schauspieler. Eine große *Party* ist immer ein Gemeinschaftswerk, es reicht, dass einer sich nicht gut fühlt, um alle Anstrengungen zunichte zu machen. Red hätte nicht ausgerechnet mit Niu Kou eine *Party* veranstalten sollen. Aber das begriff sie nicht, genauso wie sie ja auch immer an die falschen Männer geriet.

Dieser spanische Mischling hatte eine Flasche Cham-

pagner mitgebracht. Ich mag Champagner sehr, Red und ich werden davon immer ganz duselig, und das Leben wird wunderschön. Als wir den Champagner ausgetrunken hatten, waren alle anderen schon gegangen. Das Megaphon von Head lag auf der Tanzfläche, und sie schlug mit einer Lederpeitsche auf den Boden ein.

Schon in Shanghai hatten wir abgesprochen, nach der *Party* alle zum Sun-Yat-sen-Mausoleum zu gehen. Aber am Ende waren wir doch nur zu siebt. Wir kamen zu einem Pavillon, der wie das Gesicht eines öffentlichen Busses aussah, davor eine sehr schöne, große Rasenfläche, leicht hügelig, auf die ich mich erst hinsetzte und dann legte. Tau durchnässte mich überall dort, wo ich den Rasen berührt hatte. Es war ein diesiger Tag, und wenn ich in den Himmel sah, klang mir herrliche Musik in den Ohren, jede Stimme und jedes Instrument in bestem Stereoklang. Chen Song begann, mit Bierflaschen auf den Mülltonnen einen Rhythmus zu schlagen, und zertrümmerte dabei viel Glas, mit jeder Sequenz ging eine Flasche zu Bruch. Ich sang zu seinen Rhythmen.

Dann war dieser Mann neben mir, ich weiß nicht mehr, wie er es ausdrückte, jedenfalls wollte er mit mir schlafen. Ich dachte, das könnten wir irgendwie schon tun, aber was ich antwortete, weiß ich nicht mehr. Ich hatte tatsächlich Lust auf Sex mit ihm, war aber zu schwach, mich auszuziehen – hätte er mir dabei geholfen, wir hätten es sicher getan.

Als er fort war, wollte ich pinkeln. Ich suchte eine sumpfige Stelle, die ich für geeignet hielt, doch ich zögerte – pinkeln oder nicht pinkeln? –, da sagte er, niemand sieht dich hier, tu es ruhig. Damals wollte ich nur diesen einen Satz von ihm hören, das Gaffen hätte mich nicht gekümmert.

7

Ich liebe Shanghai, weil Shanghai weiblich ist. Ich liebe Shanghaier Frauen. Red ist eine von diesen seltsamen Shanghaierinnen, vermutlich deshalb, weil sie mich liebt. Ich schlafe gern mit ihr und liebe es, sie im Schlaf eng zu umarmen. Oft genug bereue ich es hinterher, wenn ich es mit einer Frau gemacht habe, und will, dass sie auf der Stelle geht. Nicht so mit Red.

Nach der Geburtstags-*Party* ging ich mit ihr zunächst zurück in die Bar, spielte Gitarre, dann tanzte sie in meinem Geburtstagsgeschenk auf dem Bett, dass ihre Brüste sachte tanzten. Ich küsste sie, streichelte ihren kleinen Hintern, und als ich gerade die Hosen ausziehen wollte, schob sie mich von sich und begann zu sprechen.

Sie neigte dazu, im Bett wirres Zeug zu reden, das kannte ich schon, ich hörte nie genau hin.

Ihre Stimme klang immer ferner, während sie das Fenster öffnete und anfing hinauszuklettern. Ich hörte nicht auf, sie zu küssen, bis ihr Körper sich plötzlich meinen Lippen entzog, weil sie sich auf dem Fensterbrett aufrichtete, die Hände an den Fenstergriffen, einen Fuß auf dem Fensterbrett, den anderen auf meiner Schulter. Es war sehr aufregend – ich wollte diese schmale Frau mit den hohen Brüsten zu gern unter mir spüren, doch ihr Fuß drückte auf meine Schulter, so schwer, dass ich mich nicht zu rühren wagte, damit sie nicht abstürzte. »Geliebte«, sagte ich, »komm herunter!«

Sie unterbrach ihren Redefluss nicht, ihre Zehen immer in Bewegung. Da sie offenbar nicht vorhatte herunterzukommen, wirkten wir ziemlich blöde, ungefähr so wie am Abend, als sie mit der Lederpeitsche auf die Tanzbühne eingeschlagen hatte. So stellte ich mir mein Shanghaier Mädchen nun wirklich nicht vor. Mir reichte es. Am liebsten hätte ich ihren Fuß von meiner Schulter heruntergezogen, aber dann stellte

ich mir vor, dass das bestimmt unschön aussähe – meine geistesgestörte Hure war wieder durchgedreht. Und da ich nicht wusste, was ich tun sollte, verlor ich das Interesse. Mir wurde langweilig, und das Ganze war mir peinlich.

8

Wenn mein Körper blitzschnell Botschaften vom Körper eines Mannes empfangen kann, so heißt das, dass ich diesen Mann will. Was »mein Wollen« nun konkret meint, weiß ich nicht, ich weiß nur, dass ich deswegen ganz aus dem Häuschen bin.

Zum ersten Mal habe ich diesen spanischen Mischling im Restaurant *1221* gesehen, sein Profil, Halbprofil und die Rückansicht. Ich wusste sofort, dass ich diesen Mann wollte.

Einige Monate später trafen wir uns zum zweiten Mal, diesmal im *Klub 97*. Wir machten uns miteinander bekannt, tauschten Blicke, und obwohl wir mit Sicherheit nicht mehr als fünf Minuten Kontakt hatten, wusste ich, als wir uns verabschiedeten, dass wir bereits die Fühler ausgestreckt hatten.

Zum dritten Mal sahen wir uns dann einige Monate später. Es war auf einer *Party* der Pekinger Band *Nüchtern* im *Zoo-Baa*. Es waren viele Freunde da, er spendierte mir pausenlos Drinks, und am Ende gingen wir miteinander ins Bett. Es war bei seiner Mutter, in einem riesigen Haus mit großem Garten. Ich fühlte mich etwas unwohl. Da nahm er meine Hand und zog mich in den zweiten Stock hinauf. Aber: »Hier stimmt etwas nicht!«, sagte er und dirigierte mich noch ein weiteres Stockwerk hinauf. Das Haus war wie bei vielen Ausländern, voll gestopft mit Antiquitäten. Ich hasse es, wenn Räume nach mehr aussehen wollen, als sie sind. Trotzdem legte ich mich mit der gleichen Selbstverständlichkeit hin, mit der wir

vorher miteinander getrunken und gequatscht hatten. Er
schaltete die riesige Klimaanlage ein, zündete Kerzen an,
dann zog er sich aus, legte sich ebenfalls hin, nahm mich in
den Arm – und verharrte reglos. Ich hatte Angst vor diesem
alten Bett, denn in meinen Augen haben alle Antiquitäten
eine Seele.

Einen Monat später fiel mir ein, dass er mit Shen Lihui Visi-
tenkarten ausgetauscht hatte, und ich bat Shen Lihui, sie mir
zuzufaxen.

Ich schickte ihm eine E-Mail, in der ich »Wie geht's?« und
andere uncoole Dinge absonderte. Er antwortete, das sei also
meine E-Mail-Adresse und er werde im kommenden Monat
von Hongkong nach Shanghai umziehen, wir würden uns
also bald wiedersehen. Zum Schluss schrieb er noch: »Es war
wirklich ein wunderbarer Abend!«

Einen weiteren Monat später rief ich ihn an und sagte, dass
ich ihn seit fünf Tagen vermisste, das hätte ich nur sagen wollen. »Ich bin ein böser Junge«, sagte er. »Ich liebe schlechte
Männer«, sagte ich. So sei nun mal mein Leben: »Ich habe
keine Wahl.« Dann wollte er meine Telefonnummer haben.
Ich sagte, am Wochenende sei ich in bestimmten Shanghaier
Bars anzutreffen. »Du musst mir deine Telefonnummer
geben«, insistierte er. »Wenn du das nicht tust, werden wir uns
nie wiedersehen.«

Schließlich gab ich ihm meine Telefonnummer.

9

Es machte mich wütend, dass sie sagte, sie möge schlechte
Männer, sie war eine außergewöhnliche Frau, das stand fest,
ob das nun gut war oder nicht. Ja, sie war sogar oft mutiger
als Männer, was den meisten nicht gefiel – Männer mögen

solche Frauen im Allgemeinen nicht. Mir war das zwar herzlich egal, aber ganz wohl fühlte ich mich trotzdem nicht. Bis jetzt hatte ich nur mit ihr schlafen wollen. Sie war nichts weiter als eine Bettgefährtin für mich, je weniger man sich kennt, umso krasser die Lösung, aber krass oder nicht, was soll's. Natürlich mochte ich sie, hatte Gefühle für sie, ich mag Körper und Geruch der Shanghaier Mädchen, und ich wollte etwas, das ich so leicht erobert hatte, nicht gleich wieder aufs Spiel setzen. Aber ich wollte nur einen Teil von ihr, nicht alles. Ich wollte sie haben, aber nicht besitzen. Natürlich habe ich auch nicht ernsthaft angenommen, dass sie vorhatte, sich mir ganz und gar hinzugeben.

Ich weiß auch nicht, wie ich dazu kam, diesen Satz zu sagen: »Ich bin ein böser Junge.« Vielleicht aus Angst, an eine durchgeknallte Hure zu geraten. Ob ich eine feste Freundin habe? Ob ich ein erfülltes Leben habe? All das hat nichts mit diesem Satz zu tun. Tatsächlich habe ich das nie vorher gesagt, aber die Frauen haben immer geglaubt, ich sei ein böser Junge. Nun, wo ich es klar ausspreche, scheint es, als wäre ich für sie kein böser Junge mehr, sondern ein guter Junge, der gern ein böser sein möchte. Wäre ich wirklich ein böser Junge, so bestünde keine Notwendigkeit, es zu behaupten. Natürlich glaube ich ebenso wenig, dass ich das sage, um sie zu schützen. Vielleicht ist es wirklich vollkommen unwichtig, was ich sage, sie wird mich schon verstehen, wenn sie eine intelligente Frau ist. Da sie mit mir geschlafen hat, wird sie mich verstehen, so ist das bei Frauen, die ich liebe. Ich finde, dieser Satz von mir war der Anfang eines tiefen Verstehens. Kein Mann wird sich ernsthaft für einen bösen Jungen halten. Den absolut schlechten oder guten Mann gibt es nicht. Manchmal möchte ich ein guter Junge sein, manchmal ein böser. Glauben Sie etwa, wenn ich sage, ich sei ein böser Junge, dann wollte ich nur so tun als ob? Das wäre doch öde!

Der Satz ist nichts als ein Anfang, genauso als würde ich sagen, ich sei ein guter Junge. Das ist das Ende – und kann der Beginn einer leidenschaftlichen Liebe sein. Was nun die Frage betrifft, ob ich weitermachen will oder nicht, so ist das meine Sache, denn dadurch, dass ich diesen Satz ausgesprochen habe, liegt die Initiative bei mir.

Natürlich muss ich ihre Telefonnummer haben, denn wir waren wirklich gut im Bett, und ich hoffe, dass wir das bei Gelegenheit wiederholen können. Ich sammle Telefonnummern von Frauen wie andere Leute Briefmarken.

Richtig, der wahre Grund dafür, dass ich das gesagt habe, ist, dass ich noch andere Shanghaierinnen im Arm halten möchte und keinen Ärger mit ihr will.

10

Einerseits habe ich ihn angerufen, um seine Stimme zu hören, andererseits, um ihm zu sagen, dass er mir fehlt. Ich denke, das kann er ruhig wissen – oder auch nicht. Es war ein spontanes Telefonat, in dem wir keinerlei Entschlüsse fassten, uns verband einfach nur eine ganz normale sexuelle Beziehung, und ich hatte einfach nur ganz normale Lustgefühle. Außerdem hat er während des ganzen Liebesspiels kein Wort gesprochen, das war stinklangweilig.

Doch als er dann so schnell mit seinem »Ich bin ein böser Junge« ankam, lief es mir kalt den Rücken hinunter. Man muss nicht über alle Gefühle sprechen, und so sagte ich ihm, dass ich schlechte Männer mag, aber gleichzeitig stritt ich mit ihm. Ich fand ihn wirklich ein bisschen doof und dachte, diesen kleinen Bären könnte ich ihm aufbinden. Außerdem fand ich mich bemitleidenswert, weil ein solcher Satz mich dermaßen irritieren konnte. Hätte er das gleich zu Anfang gesagt,

wäre er mir noch dümmer vorgekommen, und ich wäre nie mit ihm ins Bett gegangen. Natürlich meinte er es im Grunde wahrscheinlich gut, und vielleicht wollte er mich sogar schützen, aber da hatte er mich wohl unterschätzt, denn wieso sollte ich es für nötig halten, dass er so etwas täte.

Wie es genau gewesen war, mit ihm zu schlafen, wusste ich schon gar nicht mehr. Das Dumme war nur, dass ich ihn nach diesem Telefonat immer noch vermisste, und zwar immer mehr. Wenn ich an ihn dachte, hatte ich den Eindruck, als Füllmaterial für ein Gefühl der Leere benutzt worden zu sein, und wurde schwermütig. Das machte mir zu schaffen. Als Saining nach Japan ging, war ich ganz ruhig gewesen und hatte das Single-Dasein sehr genossen, aber jetzt war mein ruhiges, selbstbezogenes Leben gestört worden. Ich hatte neuerdings lateinamerikanische Hintergrundmusik auf dem Anrufbeantworter laufen und stellte mir vor, dass er sie hörte, wenn er anrief – in Wirklichkeit rief er nie an. Es war mir egal, ob ich ihn interessierte oder nicht, der Punkt war, dass ich nicht über das »Verlieben« entscheiden konnte. Ich habe grundsätzlich Angst, mich zu verlieben. Ich hatte nur aus Einsamkeit oder sexuellem Ausgehungertsein mit ihm geschlafen, nicht aus Liebe. Ein Freund hat gesagt, sich verlieben sei Glück, wenn aber jemand sich in dich verliebe, bedeute das Kummer. Der das gesagt hat, ist ein Mann, und es beweist einmal mehr, dass Männer Tiere sind, die sich allzu leicht langweilen. Ich fand, dass ich mich am besten in niemanden verlieben sollte, ich musste üben, ich brauchte Übung – das Leben ist ein einziges großes Übungsgelände –, ich musste lernen, mich mit einem Mann zu vergnügen, ohne mich zu verlieben.

Eines steht fest, man muss unbedingt darauf achten, nicht sofort mit einem Mann ins Bett zu gehen. Das gilt in jedem Fall, denn sonst ist es manchmal tatsächlich schwer zu

entscheiden, ob es ein »One-Night-Stand« oder »Verliebtheit«
war.

Vielleicht sollten wir mit einem Mann nur zusammen sein,
wenn wir es uns auch so ausgesucht haben, nicht aus einer
Bedürftigkeit heraus, sonst kann es gefährlich werden, und
vielleicht wirst du am Ende sogar von dem Mann geschlagen.
Oder du fragst dich den ganzen Tag, ob er dich liebt.

Schließlich tauchte er noch einmal auf. Ich war gut zu ihm
und sagte mir, ich will einfach nur einen Mann, den ich lieben
kann, einen, der bei mir ist. Wir mochten dieselbe Musik, dieselben Filme, dasselbe Essen, dieselben Badezusätze, dieselben Blumen, dieselben Farben. Ich liebte sein romantisches
Gesicht, seine Hände, wenn sie Gitarre spielten. Alle guten
Gitarristen sind einmalig zärtlich. Gute Gitarristen poppen
sich durch die Gegend. Aber das ist nicht ihre Schuld, sie
gehören zu diesen unglaublichen Menschen mit nur einer
Nervenbahn.

Der kalte Schauer steckte mir noch in den Knochen und
beeinträchtigte mein sexuelles Empfinden erheblich. Er
schien überhaupt nicht zu merken, dass etwas nicht stimmte,
ja, es schien ihn gar nicht zu interessieren. Er sah in mir nur
ein Shanghaier Mädchen, das all seine Hoffnungen in ihn
setzte. Und wie die anderen Ausländer verfügte er über ein
ausgeprägtes Selbstwertgefühl, was seine mangelnde Attrak-
tivität, Dummheit und seinen Egoismus nur umso mehr
unterstrich. Wie ein unschuldiges Kind war er mit mir ins Bett
gegangen und hatte es sehr genossen, wollte aber auf keinen
Fall entscheiden, ob er mich liebte – er glaubte tatsächlich, die
Entscheidungsgewalt darüber läge in seinen Händen.

Ich entwickelte das Gefühl, dass er mich tatsächlich besaß, dieser Mann braucht dieses Gefühl, und ich brauche es
auch.

Als ich seine Wohnung betrat, fielen mir die Namen von

Männern ein, Männer wie er, die mich zwischen ihren Fingern zerquetschen wollten.

Aber ich tat, als ob ich liebte, suchte das Gefühl dazu, das dem echten sehr ähnlich war. Ein Monat, zwei Monate, drei Monate, es schien sehr stabil zwischen uns zu sein. Ich betrachtete es als Übung, ich musste üben, eine stabile Männerbeziehung zu haben, ohne mich zu verlieben. Und ich will nicht ständig neue Männer, denn dafür ist Shanghai zu klein, interessante Männer sind rar.

11

Wäre diese Frau ein Fensterflügel, so müsste ich eine Wolke sein. Das ist die einzige Beziehung, die ich mir zwischen uns vorstellen kann. Ich verhelfe Frauen gern zu Glücksgefühlen, aber sie sollen mir nicht lästig werden. Ich liebte diese Frau, doch irgendwelche Entscheidungen werden davon nicht berührt. Sie sagt, wir seien gute Freunde, die miteinander geschlafen haben, so nennt sie das. Darum könnten wir jederzeit und überall zusammen ins Bett gehen. Die Frau gab mir das Gefühl, wir könnten ewig so weitermachen. Jedes Mal war wunderbar für sie, und jedes Mal zog ich mich elegant aus der Affäre. Ich werde dieses Land eines Tages verlassen, und was dann geschieht, weiß niemand. Ferienlieben haben für mich etwas Unverbindliches. Viele ausländische Männer halten es mit Shanghaier Mädchen so. Wenn sie sich etwas Besonderes darunter vorstellt, kann ich es auch nicht ändern. Ich war mit ihr zusammen, weil wir glücklich miteinander waren, und da sollten wir keine Zeit verschwenden, richtig?

Aber was ist das heute mit ihr? Sie scheint meine Art inzwischen zu hassen. Das ist ihr Problem, nicht meins (das ist der

Lieblingssatz aller Ausländer-Fotzen in China). Aber ich möchte nicht, dass sie so drauf ist, mir geht es dann sehr schlecht.

12

Er rief ununterbrochen: »Mein kleiner Alien, komm herunter, schnell!«

So setzte ich schließlich den anderen Fuß auch auf die Fensterbank und stand nun ganz und gar außen.

Ich wusste, was mich hergeführt hatte: Ich habe Höhenangst, stelle mich aber zuweilen auf extrem hohe Punkte, um mich herauszufordern.

Er richtete sich auf, kroch hinaus, und er sah mich an, jetzt so ernsthaft wie nie, plötzlich war ich ganz verwirrt, und es würde genügen, seinen Duft zu riechen, um mich die Orientierung verlieren zu lassen.

Er sagte: »Du suchst dir immer einen bestimmten Augenblick aus, der für dich dann zum Symbol wird. Dir gefällt zum Beispiel mein Gesicht, und schon machst du es zu einem Symbol. Manche Dinge im Leben sind schwer zu verstehen, darum klammern wir uns an Mamas Hand, doch nun ist da keine Mama mehr, also müssen wir zusammenhalten. Schnell, gib mir deine Hand, Liebste, und lass uns umkehren.«

Wir müssten reden, sagte ich. Er habe kürzlich am Telefon gesagt, er sei ein »böser Junge«, und ich könne das nicht vergessen.

Er verharrte dort, er sah mich an – mit einem strahlenden Lächeln.

»Ist das wichtig?«, fragte er. »Ich weiß nicht mehr, wann ich das gesagt habe, vielleicht war es der Tag, an dem mir eingefallen ist, dass ich Mamas Geburtstag vergessen hatte. Ich fühlte

mich wie ein böser Junge und suchte jemanden zum Reden –
und da hast du angerufen.«

13

Reds Geburtstagsfeier war dann doch sehr schön. Jetzt höre
ich Musik. Elektronische Musik entsteht in der Wahl zweier
Punkte und dem Festlegen einer geraden Linie, und jegliche
gedachte oder tatsächliche Verbindung mit einem dritten
oder weiteren Punkten muss nicht weiter bedacht werden,
denn das Herstellen eines Polygons bzw. einer Ebene ist einzig Sache des Zuhörers und hat mit dem Künstler nichts zu
tun.

Wir fürchten uns

Vogelgezwitscher herrlich, am Morgen
Rufe in der Nacht
Brauchst mir nur meine Träume zu lassen
Und beim Abschied Ruhe gewähren

Vielleicht hältst du Drogenkonsum ja für eine noble Sache, für einen Prozess der Selbstvervollkommnung. In der Seele herrscht größerer Reichtum als sonst, die Ansprüche an die Ästhetik sind hoch. Auch wenn du weißt, dass es sich um ein Trugbild handelt, wirst du im Lauf dieses Vorganges vieles verstehen, so als fiele dir nun alles ein, woran du nie gedacht hast. Dein Stoffwechsel beschleunigt sich, du spürst die Drogen, sie tun dir gut. Dein Selbstschutz wird besser, weil du vollkommen durchlässig bist. Andere spüren deine Ecken und Kanten gar nicht erst, weil du dich perfekt vervollkommnet hast. Es scheint, als wärst du ein Dieb. Du glaubst, der Himmel habe dir diese Fähigkeiten gegeben, sie machen dir bestimmt keine Schuldgefühle, weil du sie für rein hältst. Sie sind der Schlüssel zum Kontakt mit den Geistern, deine Depressionen und Minderwertigkeitsgefühle sind spurlos verschwunden.

Doch wenn du »Anführer einer Fliegerstaffel« sein willst, lass dir gesagt sein, dass du mit allen chemischen Stoffen vorsichtig sein musst, selbst wenn es Tabletten für drei Kuai die Packung sind. Denn du wirst schnell feststellen, dass du pausenlos die Dosis erhöhen musst, immer weiter erhöhen, dass alles dich zu langweilen beginnt, bis das Zeug dich am Ende gestohlen hat. Meine Lunge ist durchlöchert, meine Stimmbänder vom Heroin angegriffen, ich werde niemals mehr auf einer Bühne stehen, mein Gehirn gleicht einem zerfetzten Sieb, mein Erinnerungsvermögen ist *fucked up*. Die Macken, die mir das Heroin eingebracht hat, werden mir für immer erhalten bleiben. Wenn du *high* sein möchtest, so gibt es viele

Möglichkeiten dazu, aber nimm bloß nicht einfach irgendwelche Tabletten. Du kannst zum Beispiel *Fisherman's-Friends* in deinen Espresso tun, das haben wir mittellosen Chinesen uns ausgedacht. Wenn du das öfter versuchst, wirst du bald in einer Scheinwelt leben.

Sei nicht so streng, ich bin nur durch Zufall in die Apotheke hineingelaufen. Ich brauche diese Wärme, ich bin jemand, der immer high sein sollte.

Lass mich dir etwas sagen: Wenn du mir jetzt Drogen geben würdest und ich sie nehmen würde und wir wären gerade in einem modernen Hochhaus und vor uns befände sich eine große, glänzende Fensterfront, wenn du dann sagen würdest, dass du jetzt hinunterspringst – dann würde ich dir dabei zusehen wollen. Du bist zwar mein bester Freund, aber ich würde es sehen wollen, weil ich sonst nichts spüren würde. Ich würde denken, dass ich dich deshalb nicht zurückgehalten habe, weil ich dein Freund bin.

Das bist du, du bist *low*, ich bin *high*. Wir sind nicht gleich, du hast ein finsteres Gemüt.

Little Beetle hat sich verändert, seitdem er auf *Special K* ist, er denkt pausenlos darüber nach, wie er high werden kann. Schnell hatte er in der Apotheke das Medikament für drei Kuai pro Glas entdeckt (da ich nicht möchte, dass andere es auch ausprobieren, nenne ich den Namen des Medikaments nicht), und sobald er damit angefangen hatte, fühlte er sich voller Energie, ein bisschen wie auf Speed. Am ersten Tag machten drei Tabletten ihn überglücklich, am nächsten mussten es schon fünf sein, am dritten Tag nahm er keine mehr, und am fünften waren es sieben Stück. Da merkte er, dass sein Schwanz schrumpfte, und davor hatte er eine Scheißangst.

Darum wandte er sich an mich. So war das immer, wenn jemandem etwas Besorgniserregendes zustieß, erfuhr ich es als Erste. Little Beetle hatte ein Gesicht, als habe er sich ein

Jahr lang auf *Partys* herumgetrieben, ohne einmal zu schlafen. Er hatte mehrere Tage nichts gegessen und nicht geschlafen, war grün im Gesicht, hatte geschwollene Lippen, seine Augenwinkel hingen herunter, die Pupillen rückten immer wieder eng zusammen, seine Haut war voller Pickel, und die Mundwinkel waren schlaff.

So ist das mit Tabletten, einmal übertrieben, bekommst du gleich ein Vielfaches an Scheiße geschenkt.

Aber er hörte schnell wieder mit den Tabletten auf und sagte zu mir, es sei doch vernünftiger, wenn er zu seinem ursprünglichen Leben zurückkehren würde.

An dem Abend, als er mir das sagte, zündete ich zwei Kerzen an, machte eine Kanne Wulong-Tee und sagte: »Lass uns so tun, als ob es Tee aus Magic Mushrooms wäre.« Ich spielte *DJ* und legte für ihn auf, beobachtete lange, wie die Schatten im Kerzenschein umherwanderten. Wir redeten dummes Zeug miteinander, fühlten uns wieder einmal schwerelos und erreichten von Zeit zu Zeit einen erweiterten Bewusstseinszustand. Little Beetle gehörte wie Saining zu den seltenen Exemplaren von Männern, die mich voll und ganz verstehen, auch wenn ich nur Unsinn erzähle. Je mehr Unsinn ich rede, desto besser verstehen sie mich. Solche Gespräche mag ich am liebsten, weil sie vollständig außerhalb des täglichen Lebens stattfinden. Mehrere Wochenenden, ich, Saining und Little Beetle, dazu ein paar Leute, die einfach mitmachen, weil ihnen nichts Besseres einfällt. Wenn wir *Ecstasy* genommen hatten und am Wochenende morgens aus einer Bar kamen, gingen wir immer in die Cafeteria im achtundachtzigsten Stockwerk des *Grand Hyatt Hotel* und redeten Unsinn. In Cafés wie das im *Grand Hyatt* kann man nur mit den besten Freunden gehen, wenn man sich nicht deplatziert vorkommen will. Saining sagt, das *Grand Hyatt* gefalle ihm an Shanghai am besten, nach Feuerwehrmann sei sein zweiter Traum-

beruf, mit Seilen gesichert an der Fassade des *Grand Hyatt* Fenster zu putzen. Immer wenn wir dort weggingen, hatten wir schwarze Ringe um die Augen, immer saßen wir ganze Tage lang dort, sahen hinaus und redeten dummes Zeug.

Einen Monat später sagte Little Beetle, er habe schon vierzehn Tage lang leichtes Fieber und Durchfall – und dann gebe es da etwas noch Schlimmeres. »Was meinst du?«, fragte ich. Er sagte: »Komm, komm mit mir.« Er zog mich Richtung Toilette und zog seine Hose aus, eine Unterhose trug er nicht, dann nahm er meine Hand und sagte: »Hier, fühl mal!« – »Was soll das?«, fragte ich. Er führte meine Hand an die Innenseite seiner Oberschenkel, und ich spürte etwas Dickes, Steinhartes.

»Dies hier müssten die Lymphknoten sein«, sagte ich. »Sie sind offenbar geschwollen.«

Little Beetle stand reglos da, ich sah ihm zwischen die Beine, ins Gesicht, er hielt den Hals gerade, den Kopf hochgereckt, sein Blick ging nach unten, vorbei an meinem Gesicht, dann sah er starr geradeaus. »Ich habe nachgedacht«, sagte er. »Ich habe hin und her überlegt, und ich glaube, ich habe Aids. Ich habe in Amerika Freunde mit Aids gesehen, und ich glaube, wenn mein Hals eines Tages anschwillt, heißt das, dass ich bald sterben werde.«

In diesem Augenblick piepste der Pager von Little Beetle, und er ging ihn suchen. »Wer will denn etwas von dir?«, fragte ich.

»Das war nicht bei mir, ich habe meinen Pager nicht dabei.«

»Was hat denn sonst gerade gepiepst?«

Er überlegte. »Richtig!«, sagte er dann. »Ich suche noch mal.«

»Sieh nur«, sagte ich, »was das ständige High-Sein aus dir gemacht hat!«

»Es sind nicht die Drogen, es ist Aids.«

»Wie kann das sein? Wieso hast du etwas mit Aids zu tun? Das ist unmöglich.«

»Wieso ist das unmöglich?«

»Erstens benutzt du im Allgemeinen ein Kondom.«

»Ich benutze grundsätzlich keins.«

»Du meine Güte! Aber hast du nicht früher immer gesagt, dass du das tust? Zieh dich erst mal wieder an. Keine Angst, wir werden alles besprechen. Wie kannst du es bloß ohne Kondom machen?«

»Weil ich die Dinger nicht mag.«

»Keiner mag sie, darum geht es doch nicht.«

»Ich mache es nicht mit jeder.«

»Mit wie vielen hast du geschlafen?«

»Nur so 'n paar.«

»Und mit wie vielen haben die wiederum geschlafen?«

»Es waren alles reine, unschuldige Mädchen.«

»Je unschuldiger, desto gefährlicher. Die Mädchen, die du für unschuldig hältst, sind in der Regel ziemlich dumm, sei mir nicht böse.«

»Sie waren in Ordnung, das Problem ist, dass ich es mit Ausländerinnen gemacht habe.«

»Das Problem ist nicht, wen du vögelst, sondern wie.«

»Je mehr du sagst, desto ängstlicher werde ich.«

»Ich glaube nicht, dass du Aids hast, ich kann mir einfach nicht vorstellen, dass du es hast.«

»Warum?«

»Kein Warum. Das ist ein Gefühl.«

»Aber was hast du sonst für eine Erklärung für diese Sache? Ich werde mich untersuchen lassen.«

»Wo?«

»Im Krankenhaus.«

»Welches Krankenhaus macht das denn?«

»Ich weiß es nicht. Aber ich werde mich erkundigen.«

»Wo? Das ist keine gewöhnliche Geschlechtskrankheit. Ich wurde schon zweimal auf HIV getestet, aber das war im Drogenentzug.«

Little Beetle saß auf meinem Sofa und kaute Kaugummi. »Warum muss mir das passieren?«, fragte er. »Wieso ich?«

Ich sagte: »Reden wir jetzt nicht davon. Denn wie auch immer, erst mal musst du untersucht werden.«

Little Beetle wollte nicht nach Hause gehen, er blieb bei mir. Ich versorgte ihn jeden Tag mit Erkältungsmedikamenten zur allgemeinen Stärkung und mit Durchfallmitteln, fühlte täglich x-mal seine Stirn, immer in der Hoffnung, das Fieber sei zurückgegangen – und wurde jedesmal enttäuscht. Ich konnte nicht verstehen, wieso das alles passierte. Wenn er von der Toilette kam, sah er mich verzweifelt an und sagte, er habe wieder Durchfall gehabt. Wir lebten stumpfsinnig vor uns hin, sahen fast pausenlos raubkopierte DVDs, vollkommen wahllos. Am Ende sagte ich: »Warum recherchieren wir nicht mal im Internet?«

Wir sahen uns alles an, was es zu HIV gab, aber über die Geschichte des Virus und Berichte über Fortschritte in der Medizin hinaus gab es keine konkreten Beschreibungen der Symptome. Es war die Rede von anhaltendem niedrigem Fieber, Durchfall, geschwollenen Lymphknoten und Rötungen der Haut, das war alles. Dabei wollten wir noch viel mehr wissen! Es wurden zahllose Telefonnummern angegeben. Ich dachte mir, dass das sicher die Leute davon abbringen sollte, zu Hause wilde Spekulationen anzustellen. Aber es waren durchweg ausländische Hotlines, die wir von hier aus nicht anrufen konnten. Außerdem reichte unser Englisch nicht, es war schon schwierig genug gewesen, die Internetseiten zu lesen.

Wir beschlossen, unsere gemeinsamen Freundinnen Little Spring und Little Flower um Rat zu fragen.

Ich sagte:»Euch dürfte klar sein, wie ernst die Lage ist. Was sollen wir also tun?«

Little Spring meinte:»Bloß nicht einfach so überall Informationen einholen, denn wenn das herauskommt, werdet ihr bestimmt verhaftet, auf eine einsame Insel verbannt und kommt da nie wieder weg.«Wir erschraken. Little Spring war eine von denen, die den ganzen Tag im Büro sitzen und Zeitung lesen, deshalb genoss sie in diesen Dingen unser bedingungsloses Vertrauen. Little Flower sagte, wir sollten uns nicht in China informieren, sie traue den chinesischen Untersuchungsergebnissen nicht. Sie erzählte, bei ihrer letzten Rückkehr aus dem Ausland sollten am Flughafen alle auf HIV getestet werden. Man habe die Blutproben genommen, das Ganze einmal kräftig durchgeschüttelt, und am Ende seien dann alle O. K. gewesen. Darum halte sie nicht Ausländer für die gefährlichste Ansteckungsursache, sondern aus dem Ausland zurückgekehrte Chinesen.

Wir dachten an die erwähnte einsame Insel, hatten aber keine Vorstellung, wie sie genau aussehen könnte, und je weniger wir das wussten, umso größer wurde unsere Angst davor.

Wir dachten an die Chinesen, die oft im Ausland waren, es dort häufig und mit Männern und Frauen trieben, bei der Rückkehr mit Sonnenbrille durch den Zoll kamen, sich unter das Volk mischten und wieder verschiedene Männer oder Frauen hatten. Und ihre Sexualpartner hatten dann ihrerseits wieder zahlreiche Beziehungen, es ist furchtbar – wir leben in einer Welt der Promiskuität.

Little Beetle stimmte ein schräges Lied an:»Ich bin müde, ich schlafe nicht, ich bin müde, ich schlafe nicht ...«

Dann zog er sich aus und begann mit einer eingehenden Untersuchung seines ganzen Körpers. Auf seinen Unterschenkeln entdeckte er kleine rote Punkte und sagte:»Schau her,

siehst du das?« Seine Augenlider flackerten. Ein paar Tage später bemerkte er graue Flecken auf seiner Zunge, und in der Folge entwickelte er abwechselnd schwaches Fieber und Durchfall.

Im Allgemeinen gab es jeden Tag etwas Neues, jeden Tag, es war wie verhext, das Rad des Lebens raste auf die Finsternis zu, ein Gefühl, das uns ganz high machte. Wir taten gar nichts mehr, der Appetit wurde plötzlich wieder besser, unser veränderter Stoffwechsel machte sich bemerkbar, wir schlangen wie die Verhungernden Instantnudeln in unterschiedlichen Geschmacksrichtungen hinunter und dachten neben Schlafen und Essen über das HIV-Problem nach, allerdings ohne zu einem Ergebnis zu kommen.

Little Flower rief an und sagte bedrückt, sie sei im Internet gewesen, alles passe zusammen. Daraufhin rief ich Miracle Fruit in Amerika an, er erkundigte sich bei der dortigen Hotline und sagte dann in dem gleichen Tonfall, es sehe tatsächlich danach aus: »Du darfst ihn auf keinen Fall im Stich lassen«, mahnte er. »Er braucht deinen Beistand jetzt dringender denn je.«

Doch mir wollte das nicht in den Kopf: Konnte man so etwas einfach herbeireden?

Little Beetle und ich begannen, die Frauen durchzugehen, mit denen er geschlafen hatte, und entdeckten schnell mindestens zwei Dinge, die sie alle gemeinsam hatten: Erstens hatte keine darauf bestanden, ein Kondom zu benutzen, und zweitens war unter den Männern, die diese Frauen außer ihm gehabt hatten, immer mindestens einer, den er kannte. Und mit welchen Frauen hatten diese Männer wiederum Kontakt gehabt? Auch in diesem Fall konnte Little Beetle mindestens eine benennen, die er kannte, und je weiter wir das spannen, umso mulmiger wurde uns. Wir wurden immer misstrauischer, und auf dem Höhepunkt angelangt hatten wir schließ-

136

lich beide das Gefühl, mit Tausenden geschlafen zu haben (da Little Beetle mein bester Freund war, ließ ich mich schnell von seiner Panik anstecken). Bei dieser wilden Rechnerei schien am Ende jeder Einzelne ein Risikofaktor zu sein.

Am nächsten Morgen traf ich Little Beetle im Bad wie erstarrt vor dem Spiegel an. »Darf ich hier Zähne putzen?«, fragte er mit einem Gesichtsausdruck voller Zärtlichkeit. Es tat mir in der Seele weh. »Natürlich«, sagte ich. »Solange du nicht meinen Becher benutzt – wir leiden beide unter Zahnfleischbluten.« Little Beetle wurde bleich: »Jetzt weiß ich, wo ich das bekommen haben kann, in Amerika habe ich die Rasiermesser von mindestens drei verschiedenen Leuten benutzt.« Wieso sie ihn das hätten tun lassen, fragte ich. »Ich habe es ihnen gar nicht gesagt.«

Wir fingen erneut an, nach Ansteckungsgefahren im Alltag zu suchen. Little Beetle hatte in der Tat schon mal die Zahnbürste einer anderen Frau benutzt, zwar die seiner Geliebten, aber gefährlich ist das immer. Einmal hatten sie sich beim Sex die Haut verletzt und wussten zunächst gar nicht, wer es gewesen war, aber dann hatte er den Schmerz gespürt, und auf dem Toilettenpapier, das er benutzte, waren Blutflecken.

Allmählich kam der Lebenswandel meines besten Freundes Little Beetle ans Licht, und da gab es einige Dinge, die ich früher nie verstanden hatte. Als er mit seiner Geschichte zu Ende war, erzählte ich meine. Das Leben ist so schwer vorhersagbar, wer wagt da schon eine Aussage über die Wirklichkeit? Ich vertraute niemandem mehr.

Ich rief Saining an, der gerade in Japan zu tun hatte. Er sagte, er könne früher zurückkommen, er kenne ein Krankenhaus für Ausländer in Shanghai, und mit seinem ausländischen Pass könne er dort Nachforschungen anstellen. Wir könnten mit ausländischen Ärzten sprechen und sie überzeugen, Little Beetle zu untersuchen oder sein Blut unter seinem,

137

Sainings, Namen untersuchen lassen. Als ich einwandte, einer so heiklen Sache würde man bestimmt nicht zustimmen, ließ Little Beetle, der neben mir saß, den Kopf hängen und starrte leer in die Gegend. »Wieso lassen wir ihn nicht in Japan untersuchen?«, fragte ich. Das Visum sei zu schwer zu bekommen, sagte Saining, dann lieber eine Reise nach Hongkong! »Hongkong gehört zu China«, sagte ich, »was, wenn sie ihn da erwischen?« Er habe sich erkundigt, sagte Saining, »die fragen nicht einmal nach dem Namen.« – »In Hongkong hast du dich also auch umgehört?«, fragte ich. »Wie kommt es, dass du nichts Besseres zu tun hast, als dich überall nach Aids zu erkundigen? Wenn du mit Frauen schläfst, musst du ein Kondom benutzen!« Ich wohnte zwar noch mit Saining zusammen, aber es gab schon lange keinen Körperkontakt mehr zwischen uns, und da ich andere Männer hatte, war ich eigentlich nicht in der Position, ihm Vorschriften zu machen – eine schwierige Sache. Zum Schluss fragte Saining: »Bist du wirklich sicher, dass es sinnlos ist, sich in Shanghai zu erkundigen?« – »Vergiss es«, sagte ich. Little Spring hatte gewarnt, dass Gefahr bestünde, verhaftet zu werden. Aber in Hongkong gäbe es jede Menge Junkies und Huren, wir könnten Little Beetle nicht allein hinschicken, auf keinen Fall.

Wir machten uns also daran, Little Beetle ein Visum für Hongkong zu besorgen. Da er kein Geld hatte, musste ich ihm etwas leihen, und ich ging nicht davon aus, es je zurückzubekommen. Als mir das klar wurde, akzeptierte ich plötzlich die Sache mit der Aids-Erkrankung. Ich glaubte fest daran, dass mein geliebter Freund Little Beetle Aids hatte. Vor meinem geistigen Auge sah ich seine feuchten chinesischen Augen überfließen, sah seine schönen langen Haare abrasiert – er würde ein Glatzkopf sein –, sah seine Gitarristenhände sich an der Gitarre blutig zupfen, ich sah den genialen Gitarristen an Aids sterben. Ich dachte daran, dass er immer eine eigene

Platte hatte machen wollen, dass wir nie mehr würden befürchten müssen, dass er zu mir kommen und meine Wohnung ins Chaos stürzen oder mir die Haare vom Kopf fressen werde. Wenn ich zu Fuß unterwegs war, wurde mir klar, dass Little Beetle nie mehr neben mir hertaumeln würde, und ich dachte, dass da noch so viele Dinge auf uns zukämen, wie sollten wir das schaffen? Wir hatten ja nichts. Ich begann, unentwegt zu heulen, überall und egal was ich gerade tat, brauchte ich nur daran zu denken und brach in Tränen aus, wieder und wieder, manchmal so heftig, dass ich keine Luft mehr bekam.

Ich bat Little Spring, bei uns einzuziehen, denn ich hatte Angst vor den Nächten, vor den Tagen, vor den Gedanken. Wenn ich mir vorstellte, dass dieser Mensch an meiner Seite in eine finstere Höhle eintreten würde, in der er keinen Boden mehr unter seinen Füßen spüren würde, dann erfasste mich mit jedem Atemzug ein Gefühl der Panik. Little Spring saß bei mir, jeder Mensch habe sein Schicksal, sagte sie, und wenn der Himmel ihn zu sich nehmen wolle, so sei seine Zeit gekommen. Möglicherweise liege es daran, dass er nicht habe alt werden wollen. »Schau, er ist so rein und schön, könntest du ihn dir alt vorstellen?« Nein. Es war in der Tat so etwas wie eine Vorahnung. »Lass es uns so machen«, sagte sie schließlich, »er soll sich erstmal auf gewöhnliche Krankheiten untersuchen lassen, beim Internisten oder Hautarzt.« Aber das lehnte ich ab, diesem Risiko wollte ich ihn nicht aussetzen. »Wenn er schon sterben muss, soll er wenigstens einen schönen Tod haben«, sagte ich. Little Spring erinnerte mich daran, dass bislang niemand seine Erkrankung diagnostiziert habe. Er müsse unbedingt untersucht werden. »Das Visum für Hongkong müsste bald da sein«, sagte ich. »Am besten probieren wir es zuerst dort.«

Da Little Flower lange nicht mehr angerufen hatte, meldete ich mich bei ihr: »Angesichts all dieser Ereignisse solltest

du dich etwas mehr um ihn kümmern.« Little Flower sagte, sie müsse erst die Untersuchungsergebnisse kennen, sonst sei sie zu durcheinander und wisse nicht, wie sie ihm gegenübertreten solle. »Egal wie viel Geld ihr braucht, ich werde euch unterstützen. Aber kommt um Himmels willen nicht zu mir nach Hause und fasst ja nichts von meinen Sachen an.«

»Angenommen, er ist infiziert«, sagte ich. »Meinst du, du kannst dich durch ein Gespräch anstecken? Oder dass du in Gefahr gerätst, wenn er deine Sachen berührt? Ihr seid gute Freunde!«

Little Flower sagte, das habe nichts damit zu tun, ob sie gute Freunde seien oder nicht, das Wichtigste sei jetzt, dass wir die Untersuchungen machen ließen. »Denn wenn es Aids ist, das sollte dir klar sein, gehört Hepatitis zu den frühen Symptomen, und die *ist* ansteckend. Ich kann mir keine Hepatitis leisten, ich muss arbeiten.«

»Hepatitis?«, fragte ich zurück. »Verdammt, wer sagt denn so was? Und wie kannst du jetzt so selbstsüchtig sein? Du solltest an ihn denken.«

»Jetzt reg dich nicht auf«, sagte Little Flower, »es ist ja nicht so, dass wir ihm nicht helfen.«

Dieses Telefongespräch war wie ein Todesurteil, wir waren uns erneut der Tatsache bewusst geworden, dass »Little Beetle Aids hat«. Das Blöde war, dass ich versehentlich den Lautsprecher eingeschaltet hatte und Little Beetle alles hörte, was Little Flower sagte. Er war wie versteinert und meinte, vielleicht sei es doch besser, ihn einfach ins Krankenhaus zu schicken und sonst nirgendwo mehr hinzugehen. Er weinte. Es war das erste Mal, dass ich ihn so bitterlich weinen sah, und plötzlich fand ich diesen niedlichen, riesigen Singvogel neben mir abstoßend, er zitterte am ganzen Leib, das Gesicht zu einer Grimasse verzerrt. Es war mir unangenehm, schließlich kannte ich ihn nur als ausnehmend hübsche Erscheinung.

»Jammere nicht«, sagte ich, »jammere um Himmels willen nicht, das tun wir alle nicht.«

»Ich jammere nicht«, sagte Little Beetle. »Ich löffle die Suppe aus, die ich mir eingebrockt habe. Aber warum ich?«

»Hör auf zu weinen«, sagte ich. »Wenn du stirbst, werde ich auch nicht weiterleben. Ich gehe mit dir, schließlich haben wir immer alles geteilt, und außer der Tatsache, dass du keine Kondome benutzt hast, gab es nie Geheimnisse zwischen uns. Jedenfalls habe ich auch genug vom Leben, und ohne dich kann ich es mir nicht vorstellen – lass uns also zusammen sterben.«

»Versprich es mir«, sagte Little Beetle, »wenn du nicht mit mir gehst, werde ich dich heimsuchen, so wie diese Frau in dem Roman *Lippenrot*.«

»Ich verspreche es.«

Aber was ist dann mit meiner Mutter?, dachte ich. Mein Vater war stark, aber meine Mutter? Wenn ich schon so entsetzlich traurig bin, weil ich meinen Freund verlieren werde, wie erst meine Mutter, wenn sie mich nicht mehr hätte? Nicht auszudenken. Mir fiel ein, was meine Mutter einmal gesagt hatte, als ich auf Entzug war: »Wenn ich dein Leid dadurch auch nur das kleinste bisschen mindern könnte, ich würde mein Leben dafür geben.« War ich auch bereit, für Little Beetle zu sterben? Ich wusste es nicht. Ich wusste nur, dass für mein Gefühl niemand Aids bekommen sollte. Ich will es einfach nicht.

Little Flower rief an, um mir zu sagen, dass sie mir Geld geben wolle, damit ich Little Beetle nach Hongkong begleiten könne. »Oder meinst du wirklich«, fragte sie, »dass er einen so schweren Weg allein antreten sollte?« Es sei nicht unwahrscheinlich, dass er mit den Testergebnissen in der Hand auf die Straße treten und vor ein Auto laufen würde. Little Spring fügte hinzu: »Nimm es mir nicht übel, aber

wenn er tatsächlich krank ist, dann ist das, was Little Flower ausgemalt hat, sogar noch das Beste für ihn!« Immer wenn wir über Aids sprachen, vermieden wir den Begriff, als mache uns der allein schon Angst. Wir sprachen nur von »krank sein« oder »es haben« bzw. »nicht haben«.

Little Beetle sagte, er wolle Little Flowers Hilfe nicht, er könne ihr nicht gegenübertreten, denn sobald sie mit dem Unglück eines Freundes konfrontiert sei, benehme sie sich so, als ginge es darum, eine Mathematikaufgabe zu lösen. Tatsächlich brauche er jetzt Freunde und seine Mutter, denn wenn er abends schlafen gehe, sei er nie sicher, ob er am nächsten Morgen aufwachen würde. Er wusste zwar, dass das dumme Gedanken waren und es so schnell nicht gehen würde, aber es ging ihm dennoch im Kopf herum. Das könnten wir nicht nachvollziehen, sagte er. Am Ende wusste er überhaupt nicht mehr, was er sagen sollte. »Jetzt brauche ich keine Drogen mehr«, sagte er, »ich bin jeden Tag *high*. Außerdem finde ich mich selbst ziemlich blöd, habe von so vielen Dingen keine Ahnung. Ich fühle mich wie ein dummer kleiner Hund an deiner Seite.«

Manchmal vergaß Little Beetle das alles, drehte sich wie üblich vor dem Spiegel, sang und machte Musik – Augenblicke, in denen ich besonders verzweifelt war. Ich wollte seine beste Freundin sein, und das hieß, außer die Untersuchungen zu arrangieren, musste ich mir auch überlegen, was ich tun würde, wenn er »es« tatsächlich hatte.

Ich dachte, er sollte unbedingt seine eigene Platte herausbringen, er hatte schon immer den *Zehnfachen Hinterhalt* zur Rock-'n'-Roll-Oper umschreiben wollen, die Instrumentierung stand fest, er selbst konnte ans Schlagzeug, ebenso Gitarre und Bass, und für die Pipa hatten wir auch jemanden. Little Beetle brauchte im Grunde nur in das Aufnahmestudio zu gehen, das Saining bei mir eingerichtet hatte, aber

für den *Zehnfachen Hinterhalt* war es nicht gut genug ausgestattet.

Ich suchte Little Two auf, der ein gutes Studio hatte, er war ein lausiger Aufnahmeleiter, aber ein guter Mensch. Als ich ihm sehr ernst erzählte, dass Little Beetle möglicherweise eine tödliche Krankheit habe, fragte er sofort, ob es sich um Aids handle. »Wie kommst du darauf?«, fragte ich. »Ihr gehört zum gefährdeten Personenkreis, weißt du das nicht?«, sagte er. »Hilfst du ihm?«, fragte ich. Es sei ihm egal, sagte er, das Studio sei frei, nur sei das Aufnehmen eben nicht so einfach, »das weißt du doch.« Ich fragte: »Was meinst du damit? Hilfst du ihm nun oder nicht?« Er fragte zurück: »Geht es dir um sein Leben, oder was? Du denkst ans Aufnehmen, dabei solltest du ihn zu einer richtigen Therapie bringen oder mit ihm ins Ausland gehen oder ihm eine Scheinehe mit einer Ausländerin vermitteln, damit er die Staatsbürgerschaft bekommt und im Ausland geheilt wird – über so etwas solltest du nachdenken!« Es gehe um eine schwere Krankheit, und ich würde an eine verdammte Tonaufnahme denken, das sei doch verrückt! Das sei verdammt noch mal krank! Er habe selbst einmal geglaubt, dass er Aids hätte, damals habe er sich vorgenommen, zum Sterben auf eine schöne einsame Insel zu fahren, und später habe er dann erfahren, dass er gar nichts hatte. Wie er das herausgefunden habe, wollte ich wissen. »Ich habe Neurodermitis, das ist alles, kein Problem, bestimmt nicht *das*.«

An dem, was Little Two sagte, war etwas dran, und so zerbrach ich mir den Kopf, wie wir Little Beetle ins Ausland bringen könnten – und das ohne Geld!? Wir hatten nicht einmal Geld für neue Platten, ganz zu schweigen von einer Auslandsreise. Vielleicht sollte ich über meine Geschichten nachdenken, sagte ich mir. Ich war bisher nie auf den Gedanken gekommen, mit einem Buch Geld zu machen, aber nun war

es wohl so weit. Ich drehte und wendete die Sache in meinem Kopf hin und her, ein Buch würde gute tausend Kuai bringen, und nach einiger Zeit würden noch öfters tausend Kuai dazukommen, weil es Raubdrucke geben würde. Aber ich hatte in meinem ganzen Leben bisher erst ein gutes Dutzend Geschichten geschrieben und würde es wohl kaum schaffen, innerhalb kürzester Zeit noch einmal so viele zu schreiben, um die Krankheit Little Beetles heilen zu helfen. Kurz und gut, wir hatten kein Geld.

Wir hatten kein Geld, wir hatten einfach kein Geld. Meine Schlüpfer hatte ich in der Huating-Straße gekauft, der Einkaufsmeile in Shanghai für preiswerte, schöne Kleidung und gefälschte Markenware. Zwei Stück für zehn Kuai, und sie machen sich an mir wie Wäsche für fünfzig Kuai pro Stück, so ist das bei mir.

Der Gedanke machte mir Mut, wer barfuß ist, hat keine Angst vor Menschen mit Schuhen, da ist etwas dran. Wir sind mit russischen und nordkoreanischen Filmen groß geworden, nun hören wir Musik aus England, sitzen bei Instantnudeln in der Küche, befürchten, Aids zu haben, rauchen Hasch aus Xinjiang, nehmen Medizin für drei Kuai die Packung, und wenn wir *high* sind, können wir Punk hören und uns einreden, es sei Rave, was soll's, wir haben keine Lust mehr zu warten. Manchmal warten wir auf *Ecstasy*, denn eine kostenlose Droge darf man nicht verschwenden. Mit *Ecstasy* habe ich das Gefühl, dass Allen Ginsbergs Zeilen *the skin trembles in happiness, and the soul comes joyful to the eye* meine Empfindungen widerspiegeln – was aber nicht heißt, dass es da eine Verbindung zwischen Allen Ginsberg und mir gibt, geschweige denn, dass ich ihn verstehe.

Niemals vergessen, wer du bist (erst recht nicht, wenn du eines Tages viel Geld hast). Das ist sehr wichtig. Wir sind arm, jedenfalls können wir nicht mit einem Kaugummi im Mund

im Plattenladen herumsuchen und dann einfach eine Platte nehmen, die uns gefällt. Merk dir das, immer den Standpunkt eines Armen sehen, das sind wir. Sollen die Kapitalisten Saining und Little Flower sich doch immer weiter von uns entfernen! Wir sind eben anders.

Natürlich muss ich Saining bitten, mir wieder Geld zu leihen, und tatsächlich zahle ich diesem Mann das Geld nie zurück, das er mir leiht. Diesmal werde ich mehr brauchen als sonst, ich werde bis zum bitteren Ende gegen Little Beetles Aids-Krankheit kämpfen.

Ich hatte auch Angst vor Hepatitis. Ich könnte sterben, ich wollte keine Hepatitis bekommen. Ich wagte nicht mehr, andere Leute zu besuchen, solche Angst hatte ich.

Apple erzählte uns von einem Pekinger Aids-Spezialisten. »Du kannst ihn anrufen«, sagte er. Das taten wir auf der Stelle – inkognito natürlich –, und ich erzählte von Little Beetle, während der an meiner Seite kauerte und mich unverwandt ansah. Der Arzt sagte, nach allem, was er bisher von uns gehört habe, sei Little Beetle wahrscheinlich nicht infiziert, vielleicht leide er an Leukämie oder Syphilis. Wenn er Aids habe, sagte der Arzt, so hätte er sich, den geschilderten Symptomen nach zu urteilen, vor mindestens fünf Jahren infiziert haben müssen.

Syphilis oder Leukämie schrieb ich hastig auf einen Zettel, den ich Little Beetle hinhielt. Sein Gesicht begann zu strahlen, er sah aus, als hätte er eine Erleuchtung gehabt. Der Arzt sagte noch, wir sollten unbedingt ins Krankenhaus gehen und Untersuchungen durchführen lassen. Ich sagte, wir hätten Angst, festgesetzt zu werden. »Das ist reiner Unsinn«, sagte der Arzt, »Sie können nach Peking kommen, in mein Krankenhaus, hier sind alle mit Aids infiziert, und das ist auch nicht anders als bei anderen Krankheiten, Sie sind hier Patienten.« – »Wirklich?«, fragte ich. »Aber sicher«, bestätigte er. »Sie

können mir unbedingt vertrauen, Ihr Freund wird nicht verhaftet.«

Nach diesem Gespräch sanken wir auf dem Bett zusammen. »Mist!«, sagte ich. »Man wird also gar nicht verhaftet, Little Spring erzählt den größten Schwachsinn.« Dann nannte ich ihn *Mr.* Syphilis und fragte, wie er nur so schmutzig sein könne!

Ich rief Little Spring an, sie habe maßlos übertrieben, man könne gar nicht verhaftet werden, damit erschrecke sie andere zu Tode, ob ihr das klar sei. »Ich habe eine Dokumentation darüber gesehen«, sagte sie, »in der das so passiert ist. Außerdem brauche ich mich nur umzusehen, alle mit Aids Infizierten sind festgenommen worden! Da ist es doch normal, dass ich so denke!« Aber offenbar habe sie sich doch geirrt.

Wir wagten der »guten Nachricht« kaum zu trauen, zumal Leukämie auch noch recht bedrohlich klang, aber immerhin würde Little Beetle nicht mehr diesem furchtbaren Druck ausgesetzt sein. Wir beschlossen, die Untersuchung sofort in Angriff zu nehmen, und zwar in der Abteilung für Geschlechtskrankheiten des Huashan-Krankenhauses.

An diesem Abend spritzte auf der Toilette etwas Wasser gegen meinen Intimbereich. Ich stellte mir vor, wie viele tödliche Bakterien ich da nun abbekommen hatte, und beschloss, mich mit einer antiseptischen Seife namens *Dettol* zu waschen. Ich nahm meine Hose zur Hand, suchte nach der Seife und fluchte auf *Mr.* Syphilis: »Schau, was du aus mir gemacht hast! Aids, Hepatitis, Syphilis!« – »Was hast du vor?«, fragte Little Beetle. Ich wolle meinen beschmutzten Intimbereich mit einer antiseptischen Seife desinfizieren, sagte ich. »Auf keinen Fall mit *Dettol*!«, warnte Little Beetle. »Du wirst das Gesicht einer Achtzehnjährigen haben und die Genitalien einer Achtzigjährigen. Das wirkt bei Männern und bei Frauen

gleich.« Das habe ihm eine Hure gesagt. »Wie bitte?«, fragte
ich. »Du machst es auch noch mit Huren?« – »Na und?«,
fragte er. »Sie sind immer noch authentischer als ihr Schrift-
steller.« – »Ach, verpiss dich doch«, sagte ich. »Was ist denn
mit Schriftstellern?« Ich solle mich nicht aufregen, sagte er, er
sei nur ehrlich zu mir, aber nicht unbedingt im Recht.

Am nächsten Morgen suchte ich Little Beetle einen Jogging-
anzug heraus, den solle er anziehen, sagte ich, und seine langen Haare unter einer Mütze verstecken. »Keine Angst, ich
werde mit dem Arzt reden, du brauchst gar nichts zu sagen.«
    Im Huashan-Krankenhaus stellten wir fest, dass die Abtei-
lung für Geschlechtskrankheiten unglaublich verwinkelt war.
Eine große Halle unterteilt in kleinere Räume, darin wiederum Flure und Gänge. Little Beetle und mir wurde ganz
schwindlig, wir verloren uns aus den Augen und riefen den
Namen des anderen laut durch die Gegend. Ich wurde immer
verzweifelter, bis ich am Ende mit Mühe dorthin fand, wo
man auf Aids untersucht wurde – aber da hatten wir uns
schon wieder verloren.
    Zu guter Letzt landeten wir beide in dem Untersuchungs-
zimmer für Aids. Ich sah Frauen bei der Blutabnahme, und
eine Krankenschwester fragte mich, ob mein Freund ein
Mann oder eine Frau sei. »Ein Mann«, sagte ich. Wer ich sei,
wollte sie wissen. Ich gab mich als seine große Schwester aus.
Er sei im Ausland gewesen, sagte ich, und achte nicht genug
auf Sauberkeit, darum wolle ich ihn untersuchen lassen. Ich
sprach möglichst laut, um meine Nervosität zu überspielen.
    Was denn untersucht werden solle, fragte der Arzt. Er habe
Durchfall und Fieber, sagte ich. »Ich verstehe«, antwortete der
Arzt. »Sie wollen auf HIV testen, nicht wahr?« – »Und Syphilis«, sagte ich. Als der Arzt sich Little Beetle ansah, grinste der
blöde. Der Arzt gab mir die Rechnung, und auf dem Weg zur

Kasse machte ich mir dauernd Gedanken, ob das Geld wohl reichen würde. Ich hatte mir zwar eine Menge geliehen, aber die Angst blieb, so ist das bei armen Leuten. Nun sind wir mit so viel Mühe hierher gekommen, da darf es einfach nicht am Geld scheitern, dachte ich. Am Ende kostete es alles in allem nur zweiundsiebzig Kuai, und ich fragte mich, wieso es in der Entzugsklinik achthundert gewesen waren.

Vor der Blutabnahme musste Little Beetle einen detaillierten persönlichen Fragebogen ausfüllen. Die Krankenschwester sagte, das sei Teil der Untersuchung, wir bräuchten uns keine Gedanken zu machen. Es waren Fragen darunter, die Little Beetle nicht recht zu beantworten wusste: Wie haben Sie in der Vergangenheit Geschlechtsverkehr gehabt? Ich wusste auch nicht, was Little Beetle dazu sagen sollte. »Ich schreibe einfach ›gar nicht‹«, sagte er. »Was soll das heißen? Dass du Jungfrau bist?«, fragte ich. »Tu doch nicht wie ein Vollidiot!« Ich wurde so laut, dass alle Patienten erst mich anstarrten, dann Little Beetle. Der sah zu Boden und schrieb nach kurzem Nachdenken: »Heterosexueller Verkehr, immer ohne Kondom.«

Die Zukunft lag immer noch geheimnisvoll und unergründlich vor uns. Während wir auf die Untersuchungsergebnisse warteten, hielt ich Little Beetle die Hand und sagte: »Keine Sorge, selbst wenn du etwas hast – du bist ein so junger, hübscher Mensch, du wirst selbst im Tod noch ein Vorbild sein.« Little Beetle sagte, für den Fall, dass da wirklich etwas gefunden würde, müsse ich ihm etwas versprechen. »Was denn?«, fragte ich. »Ich möchte dir meine gesamte Lebensgeschichte erzählen, du schreibst daraus einen Roman, und den Erlös aus dem Verkauf gibst du dann meiner Mutter, ja? Ich konnte ihr nie etwas geben.« Ich solle seinetwegen nicht traurig sein, immerhin könne er in seinem Heimatland sterben, er habe ohnehin kein Interesse daran, ins Ausland zu gehen.

Das Untersuchungsergebnis kam schnell: Little Beetle hatte weder Syphilis noch Aids. Ich konnte dem Ergebnis kaum glauben und sagte: »Machen Sie bitte noch einen Test, ja?« Der Arzt erwiderte: »Wenn er doch nichts Schlechtes getan hat, wieso machen Sie sich dann solche Sorgen? Wir haben die Blitzuntersuchung durchgeführt, bei der uns mit Sicherheit keiner durchrutscht. Wir sind eins der besten Krankenhäuser des Landes – wenn Sie *mir* nicht glauben, kann ich Ihnen auch nicht helfen.« Ich entschuldigte mich, es sei nicht, weil ich ihm nicht glaubte, sondern weil ich mir Sorgen machte. »Sehen Sie sich ihn doch bitte genauer an«, bat ich. Noch eine Untersuchung und noch eine. »Kommen Sie mit«, sagte der Arzt. Als ich hinter ihm und Little Beetle in ein kleines Zimmer schlüpfen wollte, rief die Krankenschwester mir nach: »Sie haben da drin nichts zu suchen!« Ich sei seine Schwester, sagte ich. »Auch dann nicht«, sagte sie. »Dort wird auf Geschlechtskrankheiten untersucht.«

Der Arzt und Little Beetle kamen schnell wieder heraus. »Es geht ihm gut«, sagte der Arzt. »Er ist vollkommen gesund.«

Ich glaubte ihm immer noch nicht und starrte mit Little Beetle auf einen Videofilm, in dem sämtliche Geschlechtskrankheiten erklärt wurden. Nach dem Anblick von rot, gelb und schwarz schillernden Geschlechtsorganen hatte ich das Gefühl, dass ich zumindest für eine Weile frigide sein würde – aber zum Arzt gehen ist nie ein Fehler, nie.

Zum Schluss fragten wir den Arzt, was es denn dann mit all den Symptomen auf sich habe. »Gehen Sie zum Internisten«, sagte dieser Arzt. »Das Blut untersuchen wir hier im Labor weiter und werden Sie in drei Wochen anrufen, falls es etwas zu berichten gibt.«

In der Abteilung für innere Medizin wurde Little Beetle wieder Blut abgenommen, und auch hier sagte der Arzt, mein Freund sei nicht krank.

Wir verließen das Krankenhaus wie hypnotisiert, fühlten uns haltlos, und ich fragte mich, ob ich zu Hause nun eigentlich alles desinfizieren müsse oder nicht.

Wieder daheim riefen wir noch einmal den Experten in Peking an, der uns versicherte, dass wir uns auf das Untersuchungsergebnis des Huashan-Krankenhauses verlassen könnten. Es gebe ein medizinisches Gerät, mit dessen Hilfe man Blitzanalysen durchführen könne. »China nimmt das Aids-Problem sehr ernst«, sagte er. »Darüber werden keine Witze gemacht.« Scheiß Ernstnehmerei, dachte ich. Wir wären fast kreuz und quer durchs Land gereist, bevor wir im richtigen Krankenhaus landeten.

Am folgenden Tag waren die Lymphknoten von Little Beetle abgeschwollen, und er hatte kein Fieber mehr. Das alles schien mir langsam an Hysterie zu grenzen.

Wir verstanden überhaupt nichts mehr.

Little Spring überlegte eine Weile und fragte dann: »Hast du mal an die Tabletten für drei Kuai pro Glas gedacht?« Konnte etwas mit Little Beetles vegetativem Nervensystem nicht stimmen, eine Allergie vielleicht?

Wir liefen sofort los und kauften das Medikament. »Nimm die Tabletten noch einmal, mal sehen, was passiert!«, sagte ich.

Und tatsächlich, die Symptome waren im Nu wieder da.

Nun lag die Wahrheit also unmissverständlich vor uns. Aber warum waren wir darauf nicht gleich gekommen?

Little Spring meinte, der Himmel habe unsere Freundschaft auf die Probe stellen und Little Beetle gleichzeitig warnen wollen, das sei die einzige Erklärung.

Es scheine fast, als hätte uns jemand einen Streich spielen wollen, sagte ich. Wieso hatten wir alle nur einen einzigen Nerv gehabt, wieso nur den einen Gedanken – Aids? Denk nur, wie ich meine vom Heulen geschwollenen Augen mit Eisstücken gekühlt habe, was für eine Quälerei das alles war,

dazu noch das pausenlose Grübeln, von wem wir noch Geld leihen könnten.

Little Spring sagte, der Himmel habe einfach jeden von uns wachrütteln wollen.

Damit war die Aids-Angst aber noch lange nicht vorüber.

Little Two hatte die Geschichte völlig verängstigt einem guten Freund erzählt, er habe mit jemandem reden müssen, sagte er. Und dieser Freund hatte es in der ganzen Stadt herumerzählt. Obwohl es nun alle wussten, kam niemand und fragte, wie es uns gehe, oder sorgte sich um Little Beetle. Nein, alle erzählten es immer nur weiter, weiter und immer weiter, und je öfter die Geschichte weitererzählt wurde, umso abstruser wurde sie.

Mich juckte es tatsächlich in den Fingern, die Untersuchungsergebnisse überall herumzuzeigen.

Aber am Ende hängte Little Beetle sich den Untersuchungsbericht neben sein Bett, um ihn immer vor Augen zu haben.

Wenn ich gefragt wurde, wie es Little Beetle in letzter Zeit gehe, sagte ich: »Wieso fragst du? Hast du etwas Bestimmtes gehört?«

Little Flower vertraute chinesischen Ärzten immer noch nicht und wollte uns Geld geben, damit wir die Untersuchungen in Hongkong wiederholten. Das erzählte sie mir jedes Mal, wenn sie mich sah.

Little Beetle veränderte sich, bei ihm im Zimmer klebten in riesiger Schrift Mottos wie dieses: *Sei zu Freunden so gut wie der warme Frühling, Feinden begegne kalt wie der Winter – Lei Feng.**

---

* Held der guten Taten und modellhafter Soldat der Volksbefreiungsarmee in den Fünfzigerjahren

151

»Lei Feng hat's wirklich drauf«, sagte ich. »Es stimmt, was er sagt.«

Das Gitarrenspiel von Little Beetle veränderte sich, es klang ganz anders als früher. Es sei alles so kompliziert geworden, sagte er, und das verstand ich. Dabei wollte ich es gar nicht verstehen und ging deshalb so gut wie nicht mehr hinaus, traf nach Möglichkeit niemanden.

Wir gaben das Flugticket nach Hongkong zwar zurück, aber Geld hatte ich immer noch nicht.

Little Beetle, dieser Idiot, hatte im Glauben an seinen bevorstehenden Tod von meinem Anschluss aus für sechstausend Kuai Ferngespräche mit seiner holländischen Geliebten geführt. Er sagte, er werde es mir zurückgeben. Immerhin hätte er nun begriffen, wie wichtig Geld sei.

Ich erklärte Little Beetle ernst, dass ich seine Stimmung damals nachvollziehen könne, doch es würde noch viel mehr dranhängen: Tabletten und Sex hätten ihm große Sorgen verursacht und die, die sich Freunde nennen würden, seien oft keine. »Das zwischen uns ist keine Freundschaft«, sagte ich, »wir sind eine Familie, vergiss das nicht, vergiss die Fehler nicht, die du gemacht hast.«

Ich glaube ihm, dass er das Geld zurückzahlen wird, aber was soll ich jetzt tun? Es war der Lebensunterhalt, den ich von meinem Vater bekomme. In einer Woche sind drei meiner Hosen unbrauchbar geworden, eine ist im Schritt gerissen, bei einer anderen geht der Reißverschluss immer auf, die dritte hat im Bad ein paar Tropfen von der antiseptischen Seife abbekommen und an diesen Stellen keine Farbe mehr. Wenn ich knapp bei Kasse bin, denke ich immer an meine Zähne, drei habe ich schon verloren, wenn ich mir da nichts einsetzen lasse, werden die übrigen auch immer lockerer. Meine Gesichtslotion ist alle, und die Stromrechnung ist

gekommen, eine Rechnung über sechs Monate. Wenn ich die nicht bezahle, werde ich wie Mozart bei Kerzenschein arbeiten müssen.

Ich saß auf dem Bett und dachte: »Am besten möglichst schnell alt werden! Dann brauche ich mir wenigstens keine Sorgen um Zähne, neue Hosen und Gesichtslotion mehr zu machen.«

Zum Glück kam Saining zurück, wir sind beide fast dreißig Jahre alt, aber wir können immer noch nicht mit Geld umgehen. Das ist unser Problem, manchmal ein beängstigendes.

Saining sagte zu, alle offenen Rechnungen zu begleichen, ebenso werde er mir neue Hosen und Gesichtslotion kaufen – Gott sei Dank hat er mich wieder einmal gerettet. Saining ermahnte mich, dafür zu sorgen, dass Little Beetle sich regelmäßig untersuchen ließe. »So wie ich«, sagte er, »ich lasse mich einmal im halben Jahr checken, das sollten wir alle tun, du auch.«

»Ja!«, sagte ich. »Moment, du sagst, du lässt dich zweimal im Jahr untersuchen – gibt es da etwas, das ich nicht weiß?«

Weiß auf weiß

Ich bin eine zitternde Baumwollblüte
mein Herz
Bitte, nimm die Farbe meiner Fantasien fort
Bitte, häng meine Vernunft in den Wind

Nimm dies alles in dein Gebet auf
Sind deine Gedanken bei mir
Können deine Finger tanzen
Sind deine Gedanken bei mir
Kann alles in dein Versteck dringen

1

Sex

So ist es, ich weiß nicht, wo hier in der Nähe der Kneipe ein Supermarkt ist, ich brauche Zigaretten und Batterien und bitte den Gitarristen, mit mir einkaufen zu gehen. Er kennt sich hier aus. Ich habe mit ihm abgesprochen, dass er mit mir zum Supermarkt geht, ich werde ihm Schokolade schenken, dann schicke ich ihn zurück zur Kneipe, und dann komme ich noch mal her. Wir rufen ein Taxi, und der Gitarrist bespricht mit dem Fahrer, wo jetzt hingefahren wird und wohin dann und wohin danach, und beim Betreten des Supermarkts sage ich: »Findest du den Taxifahrer nicht auch etwas merkwürdig?«

Er trug einen Pyjama, sah mich mit einem Glas in der Hand an, dann stellte er das Glas ab und begann, sich für mich auszuziehen, ein freudiges und zugleich bedrückendes Gefühl. Ich mochte seine Hände und Lippen, so kühl und zerbrechlich, unglaublich ausdrucksvoll. Über mir funkeln die Sterne, vielleicht ist der Himmel weiß oder er gleicht dem blauen Velours-Hemd – immer wenn ich meine Forderungen an Männer heruntersetze, bekomme ich Unerwartetes geschenkt.

Vor einem Monat hatte ich begonnen, jeden Tag zwanzig Minuten zu joggen, und achtete beim langsamen Laufen auf eine ausgeglichene, aufrechte Haltung. Nach drei Tagen spürte ich, wie das Schwanken meines Körpers mich in Erregung versetzte. Ich glaubte, viele Kleinigkeiten früher außer Acht gelassen zu haben: Bewegung erzeugt Wahlmöglichkeiten, wie zum Beispiel, ein neues Sexualleben zu beginnen. Ich kontaktierte all meine heimlichen Verehrer und wählte einen, der mich unter Garantie nicht liebte. Die erste Nacht verlief etwas unglücklich, ich war verkrampft und handelte mechanisch. Mein Garten war zugewachsen mit entsetzlichen grünen Ranken, und ich hatte fast vergessen, wie man den Körper eines Mannes berührt. Ich musste geöffnet werden. Wenn ich das selber täte, würde es hinterher viel erträglicher werden. Meine Bemühungen führten aber nur dazu, dass ich mich wie ein Vollidiot fühlte, ich fand, dass das Leben mich enttäuscht hatte, wieso brachte es mich in diese Lage?

Der Gitarrist wandte sich zu mir um: »Wirklich?« Wir betraten den Supermarkt, er fand Schokolade ohne Zucker, wir prallten zusammen, aber er reagierte überhaupt nicht und ging mit großen Schritten voran. Mit dem linken Arm ging auch sein linkes Bein nach vorn, es war fast slapstickhaft. »Hörst du mir zu? Ärgere dich nicht. Unsere Vertrautheit ist offenbar zu selbstverständlich, ich fürchte, wir werden ihrer überdrüssig.«

Als ich mein zweites Augenpaar aufschlug, um zu sehen, wie er mich liebkoste, erfüllte mich nach und nach eine ganz andere Art von Freude. Der Mond war meine Sonne und schien mir ins Zimmer, er ließ mich spüren, wie tief ich gesunken war. Aber sobald ich das blaue Velours-Hemd anzöge, würde alles so vollendet schön sein wie der Mond. »Glaub mir, wenn du später das blaue Velours-Hemd anziehst, wird alles so vollendet schön sein wie der Mond.«

Heute werde ich nicht einmal Luft holen, ich will die Geschichte zu Ende erzählen, lass mich die Geschichte zu Ende erzählen. Du hast nicht innegehalten, das hat mich gefreut, beschwer dich nicht, dass ich dich nicht respektiere, das tue ich nämlich. Jemand späht durch mein Fenster, jemand stiehlt mir seit Jahren immer wieder meine Unterwäsche, jemand klatscht vor meinem Duschvorhang in die Hände, jemand imitiert mich und ist im Stillen stolz darauf. Jemand stellt gern eine Schüssel Wasser vor meine Zimmertür, und wenn ich sie wegnehme, stellt er sie wieder zurück. Darum bin ich dauernd so nervös.

Beim Zahlen sagte ich: »Sieh nur, wie groß und breit er gewachsen ist, so stabil und weiß, mit einem angriffslustigen, eiskalten Blick, so als sei er mir immer auf den Fersen, und am Ende werde er mich schon kriegen, genauso sieht er mich an. Findest du das nicht merkwürdig?« Der Gitarrist antwortete nicht, er zeigte keinerlei Interesse für das, was ich sagte. »Jedenfalls habe ich noch nie solch einen Fahrer gesehen«, sagte ich. Wir stiegen wieder ins Taxi, und diesmal sah der Fahrer sich nicht nach mir um.

Erzählen wird immer schwieriger. Wenn Furcht und Sinnesorgane zusammenspielen, reiße ich sämtliche Augen weit auf, ich sage mir, dass ich mich verirrt habe, weil der Mond ausgeknipst wurde. Was jetzt noch die Welt beleuchtet, ist etwas, das *Wolke mit Namen »Der Osten ist rot«* heißt.

Als der Wagen vor der Kneipe hält, steigt der Gitarrist aus und verabschiedet sich von mir. Er schlägt die Tür zu, Himmel! Jetzt dreht sich der Fahrer nach mir um und sieht mich wieder mit diesem forschenden Blick voll Selbstvertrauen an, der Wagen wird schneller und immer schneller, schnell wie eine Gewehrkugel. Manchmal liebe ich diese Schnelligkeit, manchmal nicht, wie lange habe ich dieses Gefühl nicht gehabt, das Herz klopft mir im Hals, als der Wagen dahinrast,

dir entgegen. Das Herz will mir aus dem Leib springen! Wieder dreht er sich um und sieht mich an, er nimmt die Hände vom Steuer, und weißt du, was er tut? Ich komme bald! Wir sind schon fast bei dir, als der Wagen langsamer wird, eine Langsamkeit, die der Chemie geschuldet ist, deine Wohnungstür ist schwarz, dass es schwärzer nicht geht, ich bekomme Angst, weiß nicht, was geschehen wird. Weißt du, was er da für eine Handbewegung macht? Weißt du das? Er tut so, als ob er schießen würde. Ich komme! Er lacht, wirklich und wahrhaftig, du kannst mir glauben – niemand glaubt mir diese Geschichte.

Ich bin eine Goldfisch-Geborene, sehr gierig, wenn man mir zu viel Nahrung gibt, werde ich mich zu Tode essen, das ist nicht gut.

Schließlich beginnt er zu sprechen. Langes Haar verdeckt sein Gesicht, seine Zunge ist mein Kissen, ich bekomme eine entschiedene Umarmung, fühle mich rundum wohl. In diesem Augenblick kann man mich immer leicht täuschen, mich glauben machen, dass man mich liebt. Wenn noch sein Orgasmus zu dieser Täuschung hinzukommt, bedarf es keiner Mühe mehr, damit ich auch komme. Eine sichere Rose, das ist es, was ich zurzeit von Männern kriege.

Aber die Geschichte ist wahr. Kurz bevor wir bei dir sind, kehren wir um, zurück zu den Stammgästen in der Kneipe. Als ich aussteige und zahle, sieht er mich erschreckt an, sein Blick ist nicht mehr so kraftvoll, und er beginnt zu sprechen: »Soll ich wirklich nicht auf dich warten?« Niemand glaubt mir, dass es nicht der Gitarrist war, der mich hergebracht hat. Bei der zweiten Taxifahrt entscheide ich mich für eine Fahrerin, und der Gitarrist lacht auf dem ganzen Weg, was beweist, dass er mir nicht glaubt.

2

Süßigkeiten

Zwei schwarze Vögel scheinen draußen vor dem Fenster in der Luft zu stehen, einer über dem anderen. Sie stoßen zusammen, fliegen davon, stoßen wieder zusammen, fliegen wieder auseinander. Kurz darauf ist einer von beiden wohl in Liebe entbrannt, die Federn an seinem Hals spreizen sich, halb weiß und halb schwarz. Auch die Federn auf seinem Kopf stehen in die Höhe, und mit ihnen langt er zu dem anderen Vogel hinüber.

Von vorn aus sieht man nur zwei liebeswerbende Vögel wie zwei weiße Punkte in weißen Kreisen, von hinten sind es zwei schwarze Punkte in schwarzen Kreisen.

Im Baum vor dem Fenster baut ein grauer Vogel ein kleines Haus aus Zweigen, darin legt er eine Seite mit Blättern aus, auf die andere Seite kommen rote Beeren, daneben grüne. Kuhmist erhält einen Extraplatz, und dann beginnt er, auf seine Geliebte zu warten. Mal türmt er mit dem Schnabel kleine Zweige zu einer Pagode auf, um von dort oben Ausschau zu halten, dann putzt er die Grünfläche vor seinem Haus sauber. Wenn ein Vogel vorüberfliegt und einen Zweig oder eine Feder dort ablegt und wenn der graue Vogel diese in seinem Schnabel davonträgt, dann zeigt er damit, dass er den Vorübergeflogenen liebt. Wenn dieser dann zurückkehrt und pausenlos Zweige oder Federn zusammenzutragen beginnt, dann wird der graue Vogel sie immerfort davontragen, und am Ende werden die beiden sich auf der Grünfläche dem Liebesspiel hingeben.

Jetzt kommt ein Vogel angeflogen, der an Stelle eines Schnabels etwas Feuerrotes hat und darin drei kleine gelbe Punkte, die ein Dreieck bilden wie zwei Augen und ein Mund –

ein kleines Kindergesicht. Der Vogel ist saphirblau, sein Schwanz silberweiß und leicht gespalten, von hier aus betrachtet scheint er zwei silberne Fäden hinter sich herzuziehen. Sie finden einen etwas längeren Zweig, jeder packt ihn an seiner Seite, und sie fressen ihn hastig in sich hinein, bis sie am Schnabel des anderen angekommen sind. Dann fliegen sie wieder auseinander, und das Spiel geht von vorn los, immer wieder.

Wind kommt auf und fegt alle Zweige zu Boden. In dem Hain da draußen beherbergt nur mein Lieblingsbaum so viele verschiedene Vögel, und da heute Sonnabend ist, frage ich mich, ob Vögel auch Wochenende haben. Ist dieser Baum der Vergnügungspark fürs Wochenende? Warum kommen sie alle zu diesem einen Baum?

Manchmal muss ich einfach den Erdboden verlassen, muss mich groß und klein werden spüren, ich brauche *Ecstasy*, um mein Gehirn zu nähren. Wenn es nur noch den Sternenhimmel und mich gibt, ist der Mond ein Kindergesicht, und ich wage nicht, ihn anzulächeln. Es scheint, als könnte ich ein Kind sein, Kinder sind die wahren Beobachter dieser Welt. Und ich trage die weiße Geburtstagsmütze mit Fräulein Weißhase darauf, die Geburtstagsmütze, die meine Mutter mir geschenkt hat, wechsle immer wieder die Körperhaltung – ich bin Alice, so klein und zierlich wie Alice.

3

Tanzmusik

Ich stand vom Sofa des Mannes auf, trat ans Fenster. Dann Leere. Leer starrte ich das Sandwich an, das er mir hatte bringen lassen, und bekam Angst, dann ging ich. Und

ich kam hierher in die Disko, wo die Kids der Gegend sich amüsieren.

Grüne *CU*, gelbe *CK*, rote und grüne *P*, rosa *JJ*, weiße *Mitsubishi*, grüne *Butterflys* – so die Namen verschiedener *Ecstasy*-Tabletten –, rechteckige *CC*, dazu die fürchterlichen *Tunnel K* (eine Droge mit Namen K, die man getrost »Tunnel K« nennen kann), Drogen sind wie eine Reise, gut und schlecht zugleich. Manche Leute erinnern sich nur an das Gute daran, ich habe mir nur das Grauen gemerkt.

Dort wiegten sie ihre Köpfe zur Musik, die Gesichter ausdruckslos, ihr Ober- und Unterleib war in Bewegung, sonst nichts, der Hals blieb steif, ja nicht einmal die Pupillen bewegten sich. Sie waren alle gleich. »Schüttelkopf-Pillen« nannten sie *E*, und egal, ob sie Tabletten genommen hatten oder nicht, hier schüttelten alle ihren Kopf. Es war ein Montag, und trotzdem waren mindestens achthundert Gäste am Kopfschütteln. Diese Stadt hat mich und all die anderen geformt: kleine Hühner (Prostituierte, die mit Männern trinken und ins Bett gehen), Enten (Playboys, die mit Frauen trinken und ins Bett gehen), Kanarienvögel (Frauen, die von einem oder mehreren Männern ausgehalten werden) und Wolfshunde (Männer, die von einer oder mehreren Frauen ausgehalten werden). Wir wissen nicht, wo dieses Kopfschütteln eigentlich herkommt – ob das »Kopfschütteln« oder die Bezeichnung »Schüttelkopf-Pille« zuerst da war. Als es früher in den Nachrichten hieß, die »Schüttelkopf-Pille« sei eine Droge, machten wir uns gar nicht klar, was das hieß. Es wurde ein chinesischer Name für *E* gefunden, was nichts anderes als Marketing war. Nun nahmen alle die Pille wegen des chinesischen Namens, als hätten sie sie früher wegen des englischen Namens *nicht* genommen.

Der Ort hier ist eine Welt für sich. Es gibt normal aussehende Männer und Frauen, auch ältere Männer und Frauen, es ist beängstigend! Da sind zum Beispiel die, die wie Taxifahrer aussehen, Strickerinnen, Betreiber kleiner Stände, Leute, die auf dem Schwarzmarkt Devisen tauschen. Sie alle schütteln mir ihre Köpfe entgegen, das Gesicht so ausdruckslos, dass nicht einmal ein Mundwinkel zuckt, und einige tragen diese riesigen dunklen Brillen der Verkehrspolizisten. Und Schüttel-kopf-Musik ist die beklopteste überhaupt, ähnlich dieser saublöden Aqua-Musik. Sie nahmen Pillen, wir auch – im Jahr 1999 gab es allenthalben kunterbuntes *E* –, die Art des Kopf-schüttelns war individuell verschieden, wenn ich jetzt nur einen Schritt machte, würde ich auf ein Gespenst treffen, rich-tig *fucked up*, ich zitterte vor Schreck. Zum Glück hatte ich heute nichts genommen, denn ich hätte mich sonst zu Tode erschreckt, wo mir achthundert Menschen an solch einem düsteren Ort etwas vorschüttelten.

Ich beschloss, nach Hause zu gehen, beschloss, im Taxi Tanzmusik zu hören, setzte Kopfhörer auf und sah den Fahrer nach Möglichkeit nicht an.

Beim Musikhören hatte ich das Gefühl, dass Shanghais Hochstraßen nach und nach aufweichten. Meine Augen stan-den auf, legten sich hin, meine Augen setzten sich, viele Autos folgten mir.

Das Leben wird mir verzeihen, dass ich die Nächte ver-schwendet habe, Flammen brauchen Sauerstoff, Gedicht-zeilen werden mich immer verletzen. Hochhäuser sind der Gipfel meiner Rosenträume, ich muss meinen eige-nen Flughafen bauen. Als die Musik ertönte, schlüpfte ich in eine andere Haut. Wenn der große, fleischig-rote Knoten in meinem Gehirn sich aufzulösen beginnt, bist du, die Tanzmusik, die ich liebe, mein Arzt. Du bist wie eine leben-dige Analyse in mein Gehirn eingedrungen und sagst mir,

dass ich nicht nur nicht krank bin, sondern unbedingt auch schön.

Als der geliebte Mann mich verließ, hielt mein Herz fassungslos inne, die Musik war immer lauter als der Klang der Liebe. Bei jeder Pause in der Musik kann man sich einbringen, den Klang dreidimensional erleben, die Luft ist elektrisch aufgeladen. Träume kommen zu mir, wie in Träumen ist das alles nicht mit Worten zu erklären, die Musik berührt mich, ich brauche mich nicht zu bewegen. Wer wartet am Ende der Straße auf mich? Hier gibt es nie ein Ende, Geister streifen im zerbrechlichen Denken der Kinder umher, schwerer Lärm und engelsgleiches Singen, Herzklopfen, mein Traum spricht.

Dies ist eine vollkommen andere Welt.

Nun kann eine Taube eine Nachricht über mein Gehirn weitergeben: Alle Nachrichten, die mir Angst gemacht haben, sind wie ein Autounfall, der sich gerade jetzt ereignet, ein Unfall, der sich unmöglich wiederholen lässt. Und all diese Menschen, die mir folgen, wir werden uns niemals trennen, wir werden immer gleichermaßen schön und vollkommen sein.

4

Onanie

Ich hatte viele Männer, und jeder ging gern mit mir ins Bett. Aber erst nach zehn Jahren mit verschiedenen Männern hatte ich den ersten Orgasmus, als ich nämlich Opium geraucht hatte. Es war ein Mann, bei dem ich tief entspannen konnte. Denn ich liebte ihn nicht.

Aber Sex ohne Liebe ist deprimierend.

Mein Freund Apple sagte einmal: »Wenn du es schaffst, es mit einem Mann zu machen und ihm anschließend einen Tritt in den Hintern zu geben, dann tu es. Aber wenn du das nicht schaffst, dann tu mir den Gefallen und lass es.«

»Aber«, sagte ich, »aber wenn ich keinen Mann habe, ist mein Körper wie gefroren, was soll ich denn machen?«

Dann sei das wohl mein Schicksal, meinte Apple.

Ich muss mir etwas überlegen, dachte ich, das Leben ist ein großes Versuchsfeld, auf dem wir pausenlos Lektionen lernen müssen, und auch dies ist eine Lektion.

Der Mond ist meine Sonne – als er in mein Zimmer schien, war ich besonders frustriert. Wenn ich meinen Kopf besonders tief hielt, hörte ich das Blut in den Adern, ein zugleich aufmunterndes und bedrückendes Gefühl. Unzählige abgeschmackte Anstrengungen, bei denen ich indifferent und zerbrechlich blieb. In meiner Badewanne saß ich mit meinem Körper direkt unter dem Mondlicht. Offenbar brauchten wir nur zusammen zu sein, um die ganze Welt hinter uns zu lassen, wir hatten ja uns.

Zum Teufel mit der Sprache! Zum Teufel mit dem Orgasmus! Zum Teufel mit den Huren! Zum Teufel mit der Liebe! Mein Körper und ich wollen einfach nur kotzen! Wenn ich eines Tages ohne die Hilfe eines Mannes zum Höhepunkt komme, werde ich unter dem Mond weinen.

5

Elektronischer Briefkasten

Der Himmel wird weiß, ganz und gar und gründlich weiß. Zu dieser Stunde gleicht er dem gläsernen Arbeitszimmer eines Tätowierers aus meinen Träumen. Ich sehe meine Seele, die

Spuren der Träume in meinem Gesicht. Dies ist der empfind-
lichste Augenblick, alle Poren sind weit geöffnet, ich werde
bestimmt nicht mehr schlafen können.

Die Nacht ist mein Schatz, meine Geliebte, wenn ich
nachts ausgehe, hoffe ich, dass meine Nacht mir etwas Einzig-
artiges bietet, etwas Dramatisches, und ich mit irgendeinem
Menschen ein wunderbares Gefühl teile. Natürlich hat es in
keiner einzelnen Nacht diese drei Dinge gegeben. Ich weiß,
dass ich an irgendeiner Stelle immer die Orientierung verliere.
Daher öffne ich, immer wenn ich nach Hause komme, meinen elektronischen Briefkasten. Er ist einer bestimmten Ordnung unterworfen, und ich weiß, solange ich keinen Fehler
mache und immer die richtige Taste drücke, werde ich meine
Post senden können. Da bin ich ganz sicher, und das ist ein
gutes Gefühl. Wenn ich eine halbe Stunde geschrieben habe,
kommt meistens die Sonne heraus, und wenn die Sonne herauskommt, muss ich schlafen gehen. Diese eineinhalb Stunden sind wie ein Schreiben in geregelten Bahnen, eine
Demonstration vor Ort, dabei zugleich improvisiert und
prompt.

Ich erzähle in meiner elektronischen Post gern Geschichten. Wenn die Handlung, die mit mir zu tun hat, unfertig und
zusammenhanglos scheint, erfinde ich sie einfach weiter;
wenn die Geschichte, an der ich mitwirke, unvollkommen
und langweilig bleibt, werde ich trotzdem weitererzählen;
auch wenn die Personen in meinem Leben nie ideal und rund
sind, werde ich im Schreiben doch ständig weitersuchen,
auch wenn ich immer nur Ähnliches oder Annäherungen an
diese Menschen finden kann.

Wenn ich eine Geschichte über elektronische Drähte ver-
schicke, stricke ich mit den Fingern meine Erinnerungen
zusammen. Wenn mein Gegenüber in mein Denken ein-
dringt, erfasst es, was mir diese Erinnerungen bedeuten. So

unorganisiert ich bin, glaube ich doch, dass es nichts Wichtigeres gibt als Geschichten. In einer Geschichte kann jedes Ding zu tanzen beginnen, weil jedes Ding ein Fragment ist. Heute ist möglicherweise nichts in Bewegung gesetzt worden, aber das kann mir nichts anhaben.

Schwarzer Rauch steigt auf

Schwarz senkt sich im ungewöhnlichen Augenblick nieder
Ohne Vorsatz ohne Plan
Gleich einem Gespenst
Schickt die Seele in mein zärtliches Bett
All mein Halt
Verwandelt sich augenblicklich in milde leere Hoffnung

1

Geburtstag 1991

In Peking waren viele Rock-Gruppen entstanden, die hin und wieder Underground-Konzerte in verschiedenen Konsulaten gaben.

Saining und seine Band reisten ebenfalls nach Peking. Ich machte derweil einen kurzen Besuch in Shanghai, um anschließend zu Saining nach Peking zu fahren. Wir wollten meinen zweiundzwanzigsten Geburtstag feiern.

Am Telefon sagte Saining, er werde am Tag meiner Ankunft nachmittags bei einem Aktionskunst-Happening auf der Großen Mauer mitmachen. »Ich komme deinetwegen«, sagte ich. »Und du kümmerst dich gar nicht darum? Was hat Aktionskunst mit dir zu tun? Und was ist das überhaupt?« Er *müsse* hingehen, sagte er, aber er werde trotzdem ganz sicher pünktlich am Flughafen sein. Zwischen fünf und sechs Uhr sei in Peking immer Stau, sagte ich. »Ich werde ganz bestimmt da sein«, sagte er. Dann sagte er noch, er vermisse mich.

Viereinhalb Stunden wartete ich am nächsten Tag. Als Saining endlich auftauchte, war ich völlig durch den Wind.

Und als ich sah, wer an Sainings Seite ging, geriet die ganze Sache völlig außer Kontrolle. Dieser Mensch hatte Saining Geld gestohlen, er bezeichnete sich selbst als Buddhist und wusste auch tatsächlich viel über die buddhistische Lehre –

171

aber ich hielt ihn dennoch für einen schlechten Menschen. Vor allem glaubte ich, dass er Saining nicht gut tat. Ich denke, Saining wusste genau, dass er nicht gut für ihn war, hielt aber mehr von ihm als ich. Für mich war sofort klar, dass er Saining zur Aktionskunst auf der Großen Mauer überredet hatte, Peking ist voll von diesen Losern.

Zum Essen wollte ich in das teuerste Restaurant Pekings gehen. Saining führte mich ins Palace Hotel aus, wo ich den edelsten Champagner bestellte. Da ich auf nüchternen Magen trank, hatte ich schnell einen Schwips.

Dieser Typ, den ich nicht mochte, saß die ganze Zeit dabei und aß und plauderte ohne Rücksicht auf meine Gefühle. Mit etwas Alkohol im Blut beschimpfte ich Saining wieder. Der begann zu streiten, alle sahen zu uns herüber, und der Ober kam, um zu schlichten. »Er hat es doch nicht mit Absicht gemacht, er hat es nicht mit Absicht gemacht«, sagte der Ober, und Saining pflichtete ihm bei: »Siehst du, sogar ihm ist klar, dass es keine Absicht war.« Da nahm ich die Flasche mit dem Geburtstagschampagner und schlug sie Saining über den Kopf. Das Glas zersprang, und der Champagner spritzte in alle Richtungen.

Als Sicherheitsbeamte kamen, zog Saining mich in den Fahrstuhl, und dort begann ich auf ihn einzuprügeln. Unten schleppte Saining mich durch die Lobby hinaus und schob mich in ein Auto. Als die Tür ins Schloss fiel, beschloss ich, Saining umzubringen.

Es war das erste Mal in meinem Leben, dass ich jemanden töten wollte.

Ich stellte mir vor, wie er vor meinen Augen aufhören würde zu atmen, und diese Vorstellung gefiel mir so sehr, dass ich es auf der Stelle tun wollte. Ich dachte an all die Verletzungen, die Saining mir zugefügt hatte. Ich zitterte. Aus mei-

ner Schminktasche nahm ich mein kleines Messer und dachte gerade, dass man mit dieser winzigen scharfen Schneide sicher jemanden umbringen könnte – als der Blödmann tatsächlich einstieg. Ich wollte Saining töten und hatte das Gefühl, keine Sekunde mehr damit warten zu können.

Der Wagen fuhr an. Ich traute mich nicht, es zu tun. Ich dachte, wenn ich Saining jetzt tötete, wüsste sein schwachsinniger Freund, dass ich es gewesen war, und ich hätte keine Chance davonzukommen.

Ich begann stattdessen, das Auto mit dem kleinen Messer zu traktieren. Saining sagte, der Wagen gehöre weder ihm noch seinem Freund! Da fing ich an, Sainings Handrücken einzuritzen, und bemerkte jetzt erst, dass er Blut im Gesicht und in den Haaren hatte. Ich begann zu weinen, schrie und lamentierte laut. »Stopp!«, schrie Saining plötzlich, holte mein Gepäck aus dem Wagen, zerrte mich hinaus, stieg selbst wieder ein, und als er die Tür schloss, sagte ich: »Ich will nicht, dass du fährst, ich bin immer noch wütend!« Aber der Wagen fuhr davon.

Ich beruhigte mich langsam wieder. Ich wollte dort stehen bleiben und warten, bis er zurückkäme, aber dann nahm ich doch ein Taxi. »Zum Flughafen«, sagte ich. Dort war schon alles stockdunkel. »Zum Flughafenhotel«, erklärte ich daraufhin. Im Hotelzimmer trank ich die gesamten Alkoholvorräte der Minibar leer, fiel im Badezimmer um und schlief ein.

Am nächsten Tag fragte ich San Maos Freundin nach San Maos und Sainings Pekinger Adresse. San Maos Freundin meinte, wieso ich die beiden nicht anrufen und danach fragen würde. »Weil Saining weiß, dass ich ihn umbringen will«, sagte ich. »Darum dürfen sie nicht wissen, dass ich zu ihnen komme.« San Maos Freundin sagte, sie kenne ihre Adresse

auch nicht, weil sie wie ich immer nur telefoniere, statt Briefe zu schreiben.

Als ich bei Saining anrief, war dort nur noch jemand in der Wohnung, den ich nicht kannte. Alle nähmen an der Aktionskunst teil, sagte er. »Wo findet das statt?«, wollte ich wissen. »Eine Aktion ist in der Nähe von Zhongguancun, eine beim Jianguomen, eine in der Altstadt und noch eine beim Flughafen«, zählte er auf. »Ist da nicht auch etwas an der Großen Mauer?«, fragte ich. »Das war gestern«, meinte er. Dann legte er auf.

Ich verließ das Flughafenhotel und suchte wie eine Irre nach der Aktionskunst. Pekings Größe brachte mich zur Verzweiflung, Frauen wurden hier nicht gerade mit Respekt behandelt.

Am Abend um halb zehn nahm ich ein Flugzeug in den Süden. Als wir abhoben, verflog mein Hass gegen Saining plötzlich, und mir fiel wieder ein, was er alles für mich getan hatte. Er war faszinierend, einfach zu faszinierend, meine Gefühle für ihn ließen sich schlicht nicht unterdrücken. Ich war eben ein verletztes Mädchen, dem es an Sicherheitsgefühl fehlte. Je nach den Lichtverhältnissen konnte ich die Farben um mich her nicht mehr unterscheiden, mir blieb nichts, ich verstand mich selbst nicht – aber wie sollte ich es schaffen, der Sehnsucht nach diesem Mann zu widerstehen? Was auch immer er mir antut, dachte ich, ich möchte mit ihm zusammen sein, und wenn es sein muss, für ihn sterben.

Was war ich in der letzten Nacht nur für eine Wahnsinnige gewesen? Ich verstand mich selbst nicht mehr.

Je höher das Flugzeug stieg, umso unruhiger wurde ich.

Das war ein gefährlicher Geburtstag, dachte ich.

2

Meine Wohnung wird geplündert

Ich war drei Wochen weg gewesen. Die Nanjingerinnen Big
Cat und Little Cat hatten in dieser Zeit meine und Sainings
Wohnung gehütet. Ich hatte zuerst Little Cat kennen gelernt.
Big Cat und Little Cat sind Freundinnen seit ihrer Kindheit,
sie arbeiten in dem Nachtklub, in dem ich sang. Little Cat
hatte ein ungezähmtes Temperament und fuhr leicht aus der
Haut, doch wenn sie mit mir sprach, blickte sie unschuldig,
milde und sanft drein, ich mochte sie.

Am Tag nach meiner Rückkehr in den Süden kamen
meine Freundin Nanjing-Beef-Noodles und deren Freund
Radish zum Abendessen. Little Cat und Big Cat waren ebenfalls da.

Nach dem Abendessen trug ich gerade einen riesigen Stapel Essschälchen hinaus, als plötzlich zwei Männer vor mir
standen. »Ist A Jin da?«, fragten sie.

»Wer ist A Jin?«, wollte ich wissen.

»Der A Jin aus Nanjing«, erklärten sie. Little Cat sah gerade
fern, was Big Cat machte, wusste ich nicht, Nanjing-Beef-
Noodles und Radish saßen im Schlafzimmer vor dem Radio.
»Komm doch mal her, Little Cat!«, rief ich. »Die beiden hier
suchen A Jin aus Nanjing.«

»In Ordnung«, sagte Little Cat. »Ich suche ihn für euch.«
Little Cat sah ganz normal aus, darum schöpfte ich keinen
Verdacht. Ich trug die Essschälchen in die Küche, und als ich
wiederkam, waren es plötzlich drei Männer, die auf meinem
Sofa saßen. Sie sahen nicht älter als einundzwanzig, zwei-
undzwanzig aus, trugen saubere T-Shirts und blank polierte
Lederschuhe. Außerdem hatte jeder so eine schwarze Tasche
bei sich, wie man sie auf der Highschool hat.

»A Jin wohnt hier, er hat uns hierher eingeladen, wir warten auf ihn.«

Little Cat und Big Cat standen dabei und sagten nichts.

Unsere Wohnung hat drei Zimmer. Eine Zimmertür stand jetzt weit auf und gab den Blick auf Verstärker, Musikbox, Gitarre, Geige und ein Bett frei. Das zweite war unser Schlafzimmer, die Tür war verschlossen, drinnen brannte Licht, und im Radio spielte in ohrenbetäubender Lautstärke ein Hongkonger Sender. Nanjing-Beef-Noodles ist ja auch aus Nanjing, dachte ich, vielleicht weiß sie, wer A Jin ist. Ich rief so lange nach ihr, bis sich endlich die Schlafzimmertür öffnete und sie grinsend mit Radish im Schlepptau herauskam.

Bevor ich noch den Mund aufmachen konnte, sprangen drei einen Meter lange Schlachtermesser aus den drei Taschen der stummen Männer und zwangen uns in den Raum, in dem die Lieder des Hongkongers Andy Lau aus dem Radio dröhnten. Zwei Messer hielten uns vier Frauen und einen Mann in Schach, das dritte durchwühlte die Wohnung.

Sie sprachen in schwerem Hunan-Dialekt miteinander, schienen sich auch zu streiten. Ich konnte nicht heraushören, ob sie plündern wollten oder Rache üben, ob dies ein Raubüberfall war, sie uns durch Narben im Gesicht entstellen oder kidnappen wollten – oder ob alles ein Missverständnis oder vielleicht doch ein Komplott war. Eine Messerspitze tanzte vor meiner Nase herum, und ich malte mir alle möglichen Szenarien aus. Ein Messer fand unser aller Bargeld sowie echten und falschen Schmuck. Und doch schien sie das alles nicht zu interessieren, sie blätterten noch unsere Papiere durch und sahen unter den Teppich. Ich verstand einfach nicht, was sie suchten. Sollen sie doch tun, was sie wollen, dachte ich, nur unsere Gesichter sollen sie in Ruhe lassen! Ununterbrochen flehte ich sämtliche guten Geister an, uns davor zu bewahren.

Eins der Messer fand mehrere Seidenstrumpfhosen von mir, riss ein Päckchen auf, kam auf mich zu, und dann lachte das junge und doch unnachgiebige Gesicht mich an: »Junge Frau«, sagte der Mann, »das sind deine Seidenstrümpfe, sie sind nicht getragen und sauber.« Damit nahm er eine Strumpfhose aus der Verpackung und stopfte sie mir in den Mund. Er zeigte auf ein Foto von Saining und mir: »Dein lang-haariger Freund?« Ich wollte sterben, nur sterben! Bestimmt hatte Saining sich unterwegs irgendwo Feinde gemacht, die nun Rache suchten!

Sie stopften uns einer nach der anderen »saubere, nicht getragene Seidenstrümpfe« in den Mund, dann nahmen sie uns Uhren und Schmuck ab. Sie schubsten uns. Ich weinte, als sie die Kette an sich nahmen, die meine Mutter mir geschenkt hatte, und den Ring und die Uhr, die ich von Saining hatte.

Sie banden uns die Münder mit Klebeband zu, fesselten jeden einzeln und schnürten uns dann noch zusammen. Sie schlugen Radish und fragten: »Was guckst du so blöd?« Sie ohrfeigten ihn.

Wir fünf blickten starr, schickten uns ins Unvermeidliche, sahen einander nicht an.

Zum Schluss stopften sie noch Kissen zwischen uns, eine große Decke wurde über unsere Köpfe geworfen – es war die Bettdecke von Saining und mir –, dann stolzierten unsere Pei-niger erhobenen Hauptes davon und schlossen die Tür.

Radish löste als Erster seine Fesseln. Er nahm die Decke von unseren Köpfen, und als er Little Cat die Strumpfhose aus dem Mund nahm, schrie diese sofort los: »Kümmer dich nicht um die anderen, wir müssen hinterher!« Als Radish nichts tat, kletterte Little Cat kurzerhand aus dem Fenster. Nanjing-Beef-Noodles und ich mussten dauernd aus-spucken. Draußen sahen wir weder Little Cat noch irgend-welche Räuber. Es herrschte immer noch geschäftiges

Treiben, immerhin war dies eine bekannte Straße. Da waren Huren, Zuhälter, Bettler, Blumenverkäuferinnen, Polizei, Straßenhändler, gewöhnliche Passanten und Drogendealer.

In der Tür eines kleinen Geschäfts sah ich Big Dragon auf dem Boden sitzen.

Big Dragon ist jünger als ich und Waise. Freunde hatten ihn aus Shanghai geholt, damit er als Zuhälter arbeitete, aber er verkaufte lieber Fleischspießchen, gegrillte Wachteln und Maiskolben. Jede Nacht stand er zusammen mit den Prostituierten an der Straße und machte bis zum Morgengrauen seine Geschäfte, er war ein guter Freund für sie. Big Dragon war ein begnadeter Würzer, man wurde süchtig nach seinen Fleischspießen. Einmal wurde er ertappt, als er im Supermarkt für eine Hure Kondome mitgehen ließ, und da ich zufällig vorbeikam, zahlte ich die Strafe für ihn. Ich half ihm, weil ich den Eindruck hatte, dass in seinen gegrillten Fleischspießen viel Gefühl steckte, und jemand, der so wohlschmeckende Dinge zubereiten konnte, musste einfach ein guter Mensch sein.

»Big Dragon, meine Wohnung ist geplündert worden!«, schrie ich über die Straße. »Bring mir zwanzig Kuai herüber, ich will los und draußen irgendwo Geld leihen.«

3

Der Abend des Überfalls

Trotz allem war ich an diesem Abend voller Energie. Ich bat San Maos Freundin, mir Geld zu leihen, und kaufte im Supermarkt Berge von Lebensmitteln, denn ich war sicher, dass ich in dieser Nacht kein Auge zutun würde. Als ich nach Hause zurückkehrte, saßen dort schon wieder mehrere Unbekannte herum, finstere Gestalten, und niemand grüßte. Big Cat,

Little Cat, Nanjing-Beef-Noodles und Radish waren auch wieder da.

Jemand sagte im Nanjinger Dialekt: »Diese verfluchten Nanjinger haben uns zu Tode gedemütigt!«

Ich sah weiter meine Sachen durch. Eine von Sainings Gitarren war verschwunden. Es war ausgerechnet die, die ihn die längste Zeit begleitet hatte, und ich war mir nicht sicher, wie er reagieren würde, wenn er es erführe. Ich wurde immer verstörter.

Dann rief ich in Peking an, ließ es endlos klingeln, doch es nahm niemand ab. Auch der zweite Versuch blieb erfolglos. Beim dritten Mal erklang nach zweimaligem Klingeln eine träge Frauenstimme, und meine Frage nach Saining beantwortete sie mit einer Gegenfrage:

»Wer ist Saining?«

»Vielleicht mein Freund?«, sagte ich.

»Wer ist dein Freund?«, fragte sie.

»Wer bist *du*?«, fragte ich zurück.

»Was bist du so ungehobelt?«, schimpfte sie.

»Nur weil ich dich frage, wer du bist«, sagte ich, »ist das ungehobelt?«

»Was geht es dich an, wer ich bin?«, fragte sie.

»*Wenn* es mich etwas angeht, dann haben wir ein Problem«, sagte ich.

Ich hängte ein. Dann setzte ich mich aufs Bett, aß Schokolade und weinte.

Es klopfte an die Schlafzimmertür, und ein vornehmer junger Herr trat ein, der ein lächerliches kariertes Jackett und weiße Lederschuhe trug. Seine Haare glänzten, er hatte eine helle Haut und sagte: »Ich bin A Jin. Ich habe mit dieser Sache nichts zu tun, ehrlich, ich bin selbst ganz durcheinander.«

»Haut alle ab, es ist ein Höllenlärm hier«, sagte ich.

Sie gingen, und ich begann Ordnung zu machen.

Über eine Stunde später kamen Big Cat, Little Cat, Nan-jing-Beef-Noodles und Radish zurück. Little Cat fiel vor mir auf die Knie. »Es tut mir Leid«, sagte sie, »ich habe Leute hier wohnen lassen, als du nicht da warst. Es waren bestimmt diese Leute, auf deren Konto das alles geht, der Überfall abends um sieben, das waren bestimmt Leute, die uns kannten, es ist alles meine Schuld.«

»Schon gut, schon gut«, beruhigte ich sie. »Ihr seid ja auch ausgeraubt worden, ich gebe euch nicht die Schuld, beruhige dich.«

Dann weinten wir gemeinsam.

Es war schon eine komische Sache, wer zum Teufel war dieser A Jin?

Er war offenbar Zuhälter, und eine seiner Huren hatte in der vergangenen Woche im Hotel *New Capital* einem Freier über zehntausend Kuai gestohlen.

»Moment mal, da läuft jemand mit zehntausend Kuai in der Tasche einfach so durch die Gegend?«

»Das ist die Wahrheit, alle Nanjinger wissen das.«

Little Cat und Big Cat begannen einen Streit. Sie fetzten sich oft im Nanjinger Dialekt, das ging mir auf die Nerven.

»Vergesst es!«, sagte ich. »Das ist alles ein einziges Chaos, und zur Polizei kann ich auch nicht gehen, denn ihr beide habt ja nicht einmal Papiere.« Ich war letztlich diejenige, die alles vermasselt hatte, mir war nicht klar gewesen, was die drei Typen vorhatten, und wenn ich Nanjing-Beef-Noodles nicht herausgebeten hätte, wenn die Schlafzimmertür die ganze Zeit über geschlossen geblieben wäre, dann wäre das womöglich alles nicht passiert. Tatsächlich hatten sie seit Betreten der Wohnung nur auf eine Gelegenheit gewartet herauszufinden, wer sich noch in dem verschlossenen Schlafzimmer befand – ein gefährlicher Mann vielleicht?

»Ich habe es in dem Augenblick mit der Angst bekommen«, sagte Little Cat, »als sie A Jin erwähnten, ich wollte sie eigentlich hinauskomplimentieren, dann hätte ich auch keine Angst mehr gehabt. Eine Gruppe Nanjinger Herumtreiber aß gerade unten im Restaurant *Große Gang*, das wusste ich.«

»Zwischen Saining und mir geht es zurzeit ohnehin drunter und drüber«, sagte ich. »Ich möchte nicht, dass er hier so ein Chaos vorfindet, wenn er zurückkehrt. Und ihr zwei könnt euch auch nicht noch ewig weiter hier herumdrücken.«

»Ich will schon lange nach Hause«, sagte Big Cat, »aber ich traue mich nicht, weil ich noch kein Geld verdient habe.«

Little Cat sagte: »Ich möchte nicht nach Hause, sondern Geld verdienen.«

»Nennst du das Geld verdienen?«, fragte Big Cat. »Einen Klub aufmischen und die Kunden verprügeln?«

»Er hat mich beleidigt«, erklärte Little Cat.

Big Cat sagte: »Geld so zu verdienen wie wir ist eine Beleidigung, verstehst du? Kannst du es nicht einfach so hinnehmen?«

»Scheiß drauf! Der alte Wichser kann gar nicht genug für mich bezahlen.«

Das Telefon klingelte, und jemand fragte, ob das hier die Nummer soundso sei. Stimme und Frage klangen vertraut. Wenn eine Frau immer wieder anruft und behauptet, sie habe sich verwählt, kann ich nicht anders, als zu vermuten, dass es nicht die falsche Nummer, sondern einfach nur die falsche Person war. Diesmal sollte sie nicht so leicht davonkommen. Ich schwieg einen Moment und fragte dann, mit wem ich es zu tun hätte. Vielleicht klang meine Stimme etwas heftig, jedenfalls wurde am anderen Ende erschreckt der Hörer auf die Gabel geworfen.

Ich legte ebenfalls auf und sagte: »Hört auf zu streiten. Morgen vermittle ich euch Jobs als Verkaufsanimateurinnen. Ihr bekommt ordentlich Provision, wenn ihr euch ein bisschen ins Zeug legt. Ihr solltet nicht als Hostessen arbeiten, wenn euch das keinen Spaß macht. Das ist das Ätzendste: als Hostess im Nachtklub arbeiten, weil du glaubst, etwas anderes könntest du nicht.«

4

Meine Freundin überfällt meinen Freund

Tags darauf nahm ich Little Cat und Big Cat zu einem Mann namens Guy mit, der mir sehr zugetan war. Ich dachte, dass er mir in dieser Sache helfen könnte. Wir aßen zusammen zu Abend, danach ging ich nach Hause ins Bett, und Guy sagte, er wolle die beiden mit ans Meer nehmen.

In der Nacht kam Little Cat allein nach Hause, Big Cat sei zu einer Freundin gegangen.

Am nächsten Morgen rief mein Freund Guy an und sagte, meine Freundin Big Cat habe ihn ausgeraubt.

Big Cat hatte die Tricks, die sie ihren Kunden gegenüber anwandte, eingesetzt, um Guy ins Bett zu lotsen, und Guys größter Verlust neben Armbanduhr und Bargeld war der seines Talismans. Ein Mann lege den nur in einer einzigen Situation ab, beim Sex. Darum könne er jetzt unmöglich zu seiner Frau zurückkehren, er müsse von nun an im Hotel wohnen bleiben. Ich hörte zum ersten Mal, dass Guy eine Frau hatte. Trotzdem fühlte ich mich in dieser Sache verantwortlich. Ich meldete mich normalerweise auch nur dann bei ihm, wenn ich seine Hilfe brauchte, und hatte immer Schuldgefühle des-

wegen – wie sehr erst jetzt! Am Ende gab Guy mir zweitausend Hongkong-Dollar und eine Marlboro und sagte: »Flieg nach Nanjing, und sieh zu, dass du das in Ordnung bringst!«

Little Cat entschuldigte sich erneut bei mir. »Jetzt nützt auch kein Niederknien mehr«, sagte ich. Wenn ich etwas hasse, dann, wenn jemand versucht, mich zu verarschen.

Ich fragte Little Cat, ob sie Big Cats Nanjinger Zuhause kenne. Sie bejahte. »Dort wird sie kaum hingehen«, sagte ich. »Hat sie in Nanjing einen Freund?« Little Cat bestätigte das: »Sie liebt ihn abgöttisch.« Seinetwegen habe sie Geld machen wollen. »Was macht er denn?«, fragte ich. »Hängt er nur herum?« Little Cat nickte, und ich fragte, ob er eine Stammkneipe habe. »Ja, und ich kenne sie«, sagte Little Cat. »Gut«, sagte ich, »auf nach Nanjing!«

Ich beschloss, nach Nanjing zu fahren, um Big Cat zu suchen, und Little Cat sollte mir dabei helfen. Nach einigem Überlegen kam ich zu dem Schluss, dass wir einen Mann mitnehmen sollten. Big Dragon war bereit dazu. Er sagte, wir müssten die Sache in Ordnung bringen. »Wir müssen den Talisman unbedingt wiederbekommen, morgen brechen wir auf.«

In Nanjing angekommen, kaufte Big Dragon als Erstes ein Messer. »Keine halben Sachen«, sagte er. »Sonst erkennen sie den Ernst der Lage nicht.« Little Cat sagte, wir bräuchten kein Messer zu kaufen, sie hätte zu Hause genug davon. Aber Big Dragon drehte noch eine Runde und kaufte mir zusätzlich eine graue, sehr schöne Spielzeugpistole.

»Guy hat seine gerechte Strafe für die Frauengeschichte bekommen«, sagte ich. »Wir werden unser Bestes tun, aber wir setzen kein Leben aufs Spiel, da bekomme ich Angst.«

Nicht lange, und wir trafen in einer kleinen Kneipe auf einen älteren Typen in den Dreißigern, der gerade einen zur

Brust nahm. Das sei Big Cats Freund, sagte Little Cat. Ich trat auf ihn zu und fragte ihn nach seiner Freundin. Er schwieg. Da stellte Big Dragon mir einen Hocker zurecht, ich setzte mich, fragte nochmal, doch er sagte immer noch nichts.

Big Dragon trug zwar neue Kleider, die er von mir bekommen hatte, aber an seinem Körper wurde einfach alles sofort dreckig. Er blickte mit großen Augen unter dichten Brauen hervor, außerdem war er sehr dünn, regelrecht ausgemergelt, und er sprach mit leiser Stimme, voller Empfindsamkeit und Minderwertigkeitsgefühl. Der ältere Typ warf Big Dragon immer wieder geringschätzige Blicke zu, womit er Big Dragon piesackte und mich wütend machte.

Zum Glück war er allein, Angst hatte ich also nicht. Ich kramte unter dem Tisch die Spielzeugpistole aus meiner Tasche hervor. »Sehen Sie hier herunter«, sagte ich.

In diesem Augenblick begann ich zu zittern. Immer wenn ich nervös werde, rege ich mich auf, wenn ich mich aufrege, zittere ich, und wenn ich zittere, wird es gefährlich.

Der Typ beugte sich herunter und fragte, ob ich gut gezielt hätte.

Sofort nahm ich seine Eier ins Visier. »Oh ja, und ich schieße nie daneben«, bestätigte ich.

Da ließen Little Cat und Big Dragon ihre Messer aufblitzen. Mit einem Mal glühte mein Gesicht. Als der Typ das sah, verlor er die Angst vor den Messern – vielleicht trug er sogar selbst eins bei sich –, er fürchtete einzig die auf sein Geschlechtsorgan gerichtete Pistole. Aber wenn die echt gewesen wäre, hätte es da noch der Messer von Little Cat und Big Dragon bedurft?

Doch der Typ war verwirrt, er konnte gar nicht so weit denken. Ich war ebenfalls ganz durcheinander, mein »ich schieße nie daneben« hatte mir einen ganz schönen Schrecken eingejagt. Mein Arm wurde lahm. Der Typ bewegte sich nicht, und

das war sein Glück, denn ich weiß wirklich nicht, was ich
hätte tun sollen, wenn er sich bewegt hätte.

Der Mann bat den Besitzer des Restaurants, für ihn zu telefonieren. Meine Pistole blieb geschlagene zwanzig Minuten
auf ihr Ziel gerichtet, ich gab mir die größte Mühe, meine
Gedanken zusammenzuhalten. Der Typ, Big Dragon und
Little Cat sahen so ernst drein, mir war eigentlich zum
Lachen, aber wenn ich das täte, dachte ich bei mir, würde Big
Dragon auch nicht mehr an sich halten können, und dann
wäre alles vorbei. Der Typ war ein Krimineller, er würde uns
nicht laufen lassen.

Dann kam Big Cat. Sie übergab uns Armbanduhr und Talisman. Die dazugehörige Kette war fort, ebenso das Bargeld.
Ich wagte nicht, Big Cat ins Gesicht zu sehen, es war mir
unendlich peinlich, dabei hätte es *ihr* so gehen müssen. Ich
fand das alles unerträglich, begann sogar, sie zu verstehen. Ich
hatte keinen Bock mehr und wollte nur noch vergessen.

»Vergiss es«, sagte Big Dragon. »Big Cat ist eine blöde Fot-
ze, aber auch ein armes Schwein, vergiss es.« Jetzt erst erfuhr
ich, dass Big Cat eine ledige Mutter mit einem vierjährigen
Sohn war und dass dieser Typ ihr immer half. Little Cat
sprach nicht mit Big Cat. Sie sagte später, Big Cat handle einfach zu unüberlegt und würde immer in solche Dinge hinein-
schlittern.

Wir wollten zu Little Cat gehen, doch sie wollte uns nicht
mitnehmen, denn sie kam aus einer kaputten Familie, ihr Bruder saß im Knast. Es sei ohnehin niemand zu Hause, sagte sie.

5

Wir sehen den Kerl

Little Cat bekam einen Job in Guys Firma und zog von zu Hause aus. Ich glaubte nicht recht, dass sie in einem Büro arbeiten würde, doch sie tat genau das, von früh um neun bis nachmittags um fünf. Little Cat und Big Dragon wurden gute Freunde, wir drei saßen oft bei mir zusammen, Big Dragon kochte für uns, und wir quatschten bis zum Morgengrauen, zumeist über Geschichten aus unserer Straße.

Jetzt erst erfuhr ich, dass Big Dragon nie eine Schule besucht hatte und aus dem ärmsten Viertel Shanghais kam. Das erschreckte mich, denn mir war nicht klar gewesen, dass es in dieser Stadt Menschen gab, die das Schulgeld nicht aufbringen konnten. Big Dragon sagte, deshalb würde er seine Zeit so gerne mit mir verbringen, weil ich für sein Gefühl ein gebildeter Mensch sei.

Er liebte Zeitungen und kam immer mit einem dicken Packen zu mir.

Little Cat liebte Bücher über Antiquitäten. Von klein auf hatte ihr großer Bruder sie mitgenommen, wenn er alte Sachen suchte. Dafür saß er auch im Gefängnis: für den Handel mit Antiquitäten. Little Cat sagte, er und Leslie Cheung* hätten große Ähnlichkeit.

Ich rief weiter jeden Tag bei Saining in Peking an, erreichte ihn aber nie, sodass ich schließlich San Mao fragte, ob Saining eine andere Frau habe, er solle ehrlich sein. »Wieso ruft er mich nicht an? Ich bin ihm völlig egal.« San Mao war sich

---

* Leslie Cheung, bekannter Hongkonger Schauspieler und Sänger, homosexuell, beging im Frühjahr 2003 Selbstmord

nicht sicher.«Im Moment sind alle mit Aktionskunst beschäftigt.« – »Seid ihr nicht der Musik wegen nach Peking gefahren?«, fragte ich. Das sei doch kein Widerspruch, sagte San Mao.

Immer wenn ich an Saining dachte, fluchte ich vor mich hin, weil dieser Irre, der uns überfallen hatte, Sainings Lieblingsgitarre hatte mitgehen lassen – was, wenn er nicht darüber hinwegkäme?

An einem Morgen zwei Wochen später rief die Polizei an, einer der Täter sei verhaftet worden.

Little Cat war es gewesen, die Leute aus Xinjiang engagiert hatte, nach Männern aus Hunan zu suchen, und dort, wo die Hunaner Banden sich herumtrieben, fand sich in einem drittklassigen Nachtklub schnell einer der Männer. Mir wurde erzählt, dass Little Cat auf den Verhafteten eingetreten und ihn angeschrien habe.

Die Polizei rief Nanjing-Beef-Noodles und mich, damit wir uns das Geständnis anhörten und ihn identifizierten.

Ich sah einen großen Mann in Handschellen und erkannte in ihm den Typen, der Radish ins Gesicht geschlagen hatte. Er war nicht mehr so geschniegelt wie damals, sein Blick kraftlos, er stank und war schmutzig, besonders unter den Fingernägeln. Dann stand ich vor einem kleinen vergitterten Fenster im Gefängnis und musste aus einem Stapel von Personalausweisen den Richtigen identifizieren. Ich wusste, dass zwei von ihnen schon verhaftet worden waren. Die Polizei beklagte, dass ich nicht Anzeige erstattet hätte, ich ließe dem Verbrechen freien Lauf, sagten sie. Ich fragte, was mit ihnen geschehen würde.»Sie haben eine Menge auf dem Kerbholz«, sagte der Polizist. »Möglicherweise werden sie sogar hingerichtet.«

An diesem Tag war ich sehr niedergeschlagen – »hinrichten«, das Wort erschreckte Nanjing-Beef-Noodles und mich

zu Tode. Meine Uhr und die Ringe waren da, die Gitarre auch, der Rest fehlte, ich hatte ihre schwarzen Taschen gesehen. Ein Polizist sagte, die Sachen würden als Beweismittel vorübergehend einbehalten.

6

Saining kehrt zurück

Saining kehrte zurück, völlig durcheinander. Ich fragte ihn, warum er vorzeitig und allein zurückgekehrt sei. Die Pekinger Künstlerkreise seien ihm zu extrem, sagte er. Jeder lebe mit einem missionarischen Eifer, alle seien wie im Taumel und machten jeden Modetrend mit, um das eigene Leben interessant zu gestalten. Er war an dieses Dasein in der Gruppe nicht gewöhnt, es war ihm zu aufreibend. Die Bands, die simplen, puren Heavy Metal spielen sollten, verdürben die ganze Musik, indem sie alberne Soundeffekte hineinmischten. Überhaupt gäbe es zu viele Leute mit großen Ideen und zu vielen Problemen.

Dann umarmte er mich, und wir liebten uns hastig, er hatte sich verändert.

Am Abend desselben Tages löste ich zehn Schlaftabletten, die ich extra dafür zurückgelegt hatte, in seinem Schnapsglas auf. Saining schlief zwei Tage lang. Er wachte ein paarmal auf, und jedes Mal war ich an seiner Seite, half ihm ins Bad. Ihn so schlaftrunken zu sehen erfüllte mich mit einer bis dahin nie gekannten Ruhe.

Erst als er wieder ganz und gar wach war, sagte ich Saining, das gehe auf mein Konto, denn da er sich überhaupt nicht mehr um mich gekümmert habe, sei meine Angst gewesen, dass er mich nicht mehr liebe.

»So was hast du nicht zum ersten Mal gemacht«, sagte er. »Zehn Schlaftabletten sind die gefährlichste Dosis. Eine mehr, und ich hätte mich entweder übergeben – dann wäre nichts weiter passiert –, oder ich hätte mich nicht übergeben – dann wäre ich womöglich nie wieder aufgewacht.«

Dann nahm er mich in den Arm und versicherte, er habe sich in niemanden anderes verliebt, ich solle ihm nicht wegen Dingen, für die ich keine Beweise hätte, das Leben schwer machen.

»Ich will dir nicht das Leben schwer machen«, sagte ich. »Das hätte ja auch gar keinen Sinn. Ich hoffe doch nur, dass ich dich *ganz* haben kann, und nachdem diese Liebe mich über so lange Zeit nicht verlassen hat, denke ich, das müsste doch die Götter rühren.«

7

Der Süden sehnt sich nach blauem Himmel

Die Geschichte liegt sieben Jahre zurück. Blindheit leitete unser Blut von Anfang bis Ende. Der so genannte Kontrollverlust ist nichts als eine Feuersbrunst nach der anderen. Danach begann Saining, Heroin zu nehmen, er war oft verschwunden, und ich verbrauchte meine Wärme im Verlangen nach ihm. Das Einzige, was ich verstand, war, dass ich nicht verstand, warum unser Leben dazu verurteilt war, aus dem Ruder zu laufen. Big Dragon verliebte sich in eine Hure, die Hure war auf Heroin, Big Dragon versuchte, sie beim Entzug zu unterstützen, und fing am Ende selbst mit dem Zeug an. Schließlich verklagte der Vater der Hure Big Dragon wegen Verführung Minderjähriger, und Big Dragon tauchte unter. Er verkaufte nie wieder Fleischspießchen und verbrachte auch nie

wieder Zeit mit mir. Ich habe gehört, dass er später krank geworden und in einem Vorort der Stadt gestorben sei. Aber ich habe diese Geschichte nie geglaubt. Little Cat wurde zur Legende. Mit einem Päckchen Heroin in der Hand lockte sie nachts Männer an, betäubte sie und raubte sie aus. Einen Mann sehen und ihn vernichten war eins. Zu Hause zählte sie dann das Geld, zerriss den Zettel mit der Telefonnummer und nahm anschließend das Rauschgift. Die letzte Nachricht von ihr war, dass sie zu einem Aufenthalt im Umerziehungslager für Frauen verurteilt worden war, aus dem von Bergen umgebenen Gefängnis ausbrach und dass Gebirgspässe gesperrt wurden, um nach ihr zu suchen. Ein Mann aus der Gegend spürte sie schließlich auf, sie bestach ihn mit ihren letzten fünfhundert Hongkong-Dollar, und er nahm sie mit zu sich nach Hause – um sie dann die ganze Nacht immer wieder zu vergewaltigen und tags darauf in das Lager zurückzubringen. Der Lagerleitung erzählte sie nichts davon, sondern sprang vom Dach einer Baracke, verletzte sich die Hüfte und durfte auf Kaution hinaus, um sich behandeln zu lassen. Doch sie zahlte nicht. Wie sehr wünschte ich mir, dass sie zu mir käme, aber sie kam nie. Big Dragon war es, der immer die Neuigkeiten von Little Cat überbrachte, und als der nicht mehr auftauchte, hörte ich nie wieder etwas von ihr. Keiner meiner alten Freunde suchte noch den Kontakt zu mir. Dabei war ich immer davon ausgegangen, dass ich sie alle wiedersehen würde, das war für mich klar gewesen, immerhin gab es die Straße noch. Aber tatsächlich habe ich niemanden jemals wiedergesehen. Ich dachte oft, wie schön das wäre, wenn Saining, ich, San Mao und Little Cat, wenn wir zusammen einmal Heroin nähmen, vielleicht würde Heroin dadurch schöner – oder noch uninteressanter, wer weiß. Aber alle Freunde waren fort, Songs gab es auch keine mehr, im Alter von zweiundzwanzig Jahren kollabierte mein Leben.

Was sollte ich da anderes tun, als Rauschgift zu nehmen? Das Leben raste mit Höchstgeschwindigkeit auf die Finsternis zu, unaufhaltsam. Obwohl jedes Geschäft in dieser Straße Nadeln verkaufte, waren wir alle, die wir hier gewohnt hatten, davon überzeugt gewesen, dass wir nicht süchtig werden würden – und waren am Ende doch auf diesen Weg geraten. Das Heroin, das ich gespritzt habe, könnte man die große Mauer entlang ausbreiten, aber ich bin mir nicht einmal sicher, ob es wirklich immer Heroin war. Wir verstanden nichts vom eigentlichen Drogengenuss, waren nie wirklich high, und so verwandelte das Leben uns in Vampire, in Blutsauger.

Inzwischen sind sieben Jahre vergangen, Saining wohnt immer noch bei mir, und wenn wir früher ein Liebespaar waren, das nichts, aber auch gar nichts vom Lieben verstand, so sind wir jetzt Geschwister, die zusammen aufgewachsen sind und weiterleben, jeder Zeuge der »grausamen Jugend« des anderen.

Heute habe ich in meiner Eigenschaft als Schriftstellerin an einer Sitzung teilgenommen. Aber ich musste die ganze Zeit an früher denken und verstand nicht, wieso alles so war, wie es war. Ich bekam Magenschmerzen und glaube nicht, dass ich noch einmal an einer solchen Schriftstellerkonferenz teilnehmen werde. Ich dachte an all die Gesichter vergangener Tage, wollte wissen, was sie inzwischen machen – ist es so, dass sie das Recht zu sprechen verlieren, wenn niemand sie hören kann? Die Dunkelheit folgt mir, so weit ich auch fortgehe, sie ruft nach mir, in meinen grauen Momenten, in meinen hellen Augenblicken. Sobald das Licht eingeschaltet ist, kommt sie daher und erzählt mir von meiner Herkunft.

Mir fehlt die Kraft, den Weg zum Denken zu finden, die Kraft, die Orte zu suchen, an denen nie etwas Schmerzhaftes

geschehen ist. Gefesselt im Wald der Erinnerungen habe ich nicht die Kraft, meinem Schmerz ins Gesicht zu sehen. Wenn es in dieser Stadt wie aus Kannen gießt, rückt die Stille näher. Heute bin ich noch eine Frau ohne jedes Glück, doch ich hoffe darauf, mit dreißig etwas Geschmack am Leben finden zu können.

Über das Buch:
»Deine Nacht, mein Tag« ist das Motto dieser sieben Erzählungen von Mian Mian, der »Chronistin des Nachtlebens, der Königin der Subkultur« (Der Spiegel).
Dort, wo das Leben des modernen Chinas am intensivsten pulsiert, auf der Nachtseite der Shanghais, bewegen sich Mian Mians Figuren. Hin- und hergerissen auf der Suche nach dem ultimativen Kick oder einem Anflug von Wahrhaftigkeit, irrlichtern sie durch die neonhellen, nächtlichen Straßen, ziehen durch Clubs und Restaurants, um am Ende einer durchtanzten Nacht doch auf sich selbst zurückgeworfen zu werden. Ein Chill-out, bei dem die wesentlichen Fragen gestellt und wieder verdrängt werden. Die nächste Nacht kommt bestimmt.
Lakonisch, abgeklärt und gleichzeitig erfüllt von einer unstillbaren Sehnsucht, erzählt dieser Shanghaier Reigen vom Hunger nach Leben und Liebe.
»Mian Mian erzählt entwaffnend ehrlich von Lug und Trug und Hoffnungslosigkeit. Und das in einer Sprache, die leicht ist wie ein Hauch, ein Duft, eine Brise.« *Brigitte*

Die Autorin:
Mian Mian, geboren 1970, lebt und arbeitet in Shanghai. Ihr Debüt *La la la* (1997) wurde ebenso wie ihr Roman *Candy* (2000) von den chinesischen Behörden zensiert. 2002 wurde die Zensur aufgehoben. Die Geschichten in *Deine Nacht, mein Tag*, die zum Teil im Roman *Candy* erschienen sind, wurden von der Autorin eigens für die deutsche Ausgabe zusammengestellt und erweitert. Nicht nur als Schriftstellerin, auch als DJ und bekannte Partyveranstalterin ist Mian Mian eine Schlüsselfigur der Nacht- und Clubszene Shanghais, sie gilt in ihrer Heimat ebenso wie im Ausland als die Ikone des jungen Chinas. Mian Mians Bücher wurden in sieben Sprachen übersetzt.

Die Übersetzerin:
Karin Hasselblatt, Jahrgang 1963, übersetzt aus dem Chinesischen, u. a. Werke von Wei Hu, Wang An

Weitere Titel bei Kiepenheuer &
La la la, KiWi 733, 2000, 2002.